LES

PAUVRES

FORGERONS

LIBRAIRIE DE L. LEFORT

PARIS | **LILLE**

rue des Saints-Pères, 30 | rue Charles de Muyssart

N° 502
3e livraison
1864

In - 12 3ᵉ série *bis*

LES

PAUVRES FORGERONS

C.

Je sais que c'est un ménage d'ouvriers.

LES
PAUVRES
FORGERONS

PAR Mᵐᵉ A. GRANDSARD

LIBRAIRIE DE L. LEFORT

IMPRIMEUR, ÉDITEUR

LILLE   PARIS
rue Charles de Muyssart   rue des Saints-Pères, 20

M D CCC LXIV

Tous droits réservés.

PAUVRES FORGERONS

I

Bains, petite ville des Vosges, est assez semblable à un village, tant par les mœurs de ses habitants que par l'apparence de ses rues mal alignées où circulent en pleine liberté le bétail et les volailles de toute espèce. Chaque année cependant de nombreux étrangers ne dédaignent pas d'y venir passer une saison, et se contentent volontiers des chambres basses et étroites que l'on approprie d'avance pour leur arrivée.

Ses eaux minérales sont loin d'avoir la force de celles de Plombières, sa rivale; mais comme pour certaines maladies elles sont reconnues préférables, cette petite ville soutient assez bien la concurrence avec sa fière voisine.

Le moment des eaux est le seul où l'on puisse espérer réaliser quelque argent dans cette contrée à peu près nulle sous le rapport du commerce et de l'industrie : aussi toutes les familles se resserrent-elles dès le printemps, afin de louer à un assez bon prix aux baignants les pièces dont elles peuvent se passer sans trop se gêner.

François Deschamps, honnête serrurier, avait essayé depuis plusieurs années de profiter comme les autres d'un avantage qui l'aurait au moins déchargé d'une partie de son loyer ; mais les malades s'effrayant avec raison du bruit occasionné par les coups incessants de son marteau, se contentaient de lire en passant : « Jolie chambre meublée à louer, » et s'éloignaient sans même juger à propos d'en demander le prix.

Cependant un jour un étranger à l'air bienveillant se présenta dans l'atelier du serrurier, le pria de lui montrer la chambre, et la retint aussitôt pour deux mois, en annonçant son intention, si toutefois cela ne le dérangeait pas trop, de faire table commune avec lui.

Deschamps fut presque effrayé de cette proposition ; il se troubla, balbutia quelques excuses sur le peu de confortable de son ordinaire, et appela sa femme pour lui communiquer les intentions de leur hôte.

« Si monsieur n'est pas difficile, cela se peut fort bien, répondit celle-ci en souriant, et je ferai tout ce qui dépendra de moi, pour qu'il n'ait pas à se repentir de la confiance qu'il nous accorde.

— Je sais ce que c'est qu'un intérieur d'ouvriers, mes amis, repartit l'étranger en tendant la main au serrurier ; ne vous inquiétez pas à ce sujet ; je me trouverai toujours bien, puisque je suis sûr d'avance d'avoir à faire à de braves gens. »

Enfin les heures des repas furent convenues, et Agathe, c'était le nom de Mme Deschamps, alla installer son hôte dans sa chambre garnie, pour redescendre ensuite à la cuisine, afin de s'y livrer aux préparatifs du dîner.

Le serrurier n'avait que deux enfants, un

garçon de quinze ans et une petite fille de six ans.

Le premier se nommait André ; grand, fort pour son âge, et surtout bon et intelligent, il faisait l'orgueil de son père, dont le plus cher désir aurait été de faire de son fils un savant, si sa position le lui eût permis.

Frêle et d'une santé délicate, la petite Jeanne ne ressemblait nullement à son frère, quant à la constitution physique ; mais, élevés tous deux par des parents honnêtes et religieux, ils avaient les mêmes tendances de caractère pour tout ce qui est louable et bien. Quand, à leur retour de classe, ils apprirent de leur mère que la chambre était louée et que de plus l'étranger devait prendre ses repas à la maison, ils s'en réjouirent beaucoup ; d'abord parce qu'ils avaient souvent entendu leurs parents manifester le regret de perdre cette ressource chaque année, ensuite parce que les préparatifs déjà faits par l'active ménagère donnaient à ce jour un air de fête, ce qui fait toujours bien plaisir à la jeunesse.

« Tu me mettras ma robe neuve, maman ? s'écria la petite fille en frappant des mains avec joie.

— A condition que ma Jeanne sera bien aimable, bien gentille pour ce cher monsieur qui veut bien habiter au milieu de nous, répondit Mme Deschamps en continuant à ranger sa vaisselle.

L'enfant le lui promit et courut vers son père, afin de s'entretenir avec lui de l'incident qui la rendait si heureuse.

Quant à André, il chercha à se rendre utile à sa mère, autant qu'il était en son pouvoir de le faire. Il courut aux provisions, puisa de l'eau, mit le couvert ; si bien que, quand midi sonna, la petite Jeanne, vêtue aussi proprement que le dimanche, put aller avertir l'étranger que le dîner était servi.

« Quel âge as-tu, chère petite? lui demanda ce dernier, frappé de la tête blonde, de l'œil bleu et pur et des traits délicats de l'enfant.

— J'aurai bientôt six ans, monsieur, répondit Jeanne sans être intimidée le moins du monde de se trouver en présence de l'inconnu, tant celui-ci lui inspirait confiance par son air affectueux.

— Allons, allons, je prévois que nous serons de bons camarades, » reprit l'étranger en prenant la main de l'enfant pour descendre l'escalier.

On s'entend bien vite quand on a dans l'esprit les mêmes principes de vérité, dans le cœur les mêmes sentiments de justice et de générosité; aussi le modeste repas n'était-il pas encore terminé, que la famille Deschamps se trouvait déjà en parfaite intimité avec l'hôte bienveillant qui lui était arrivé d'une manière si inattendue.

« Il faut au moins, mes amis, que vous sachiez maintenant qui je suis, dit ce dernier avec l'accent de franchise qui lui était naturel; car je suis sûr que nous n'en serons que mieux unis, quand vous saurez que je suis un confrère.

— Quoi! seriez-vous serrurier? s'écria Deschamps étonné.

— Pas tout à fait, quoique cependant mon état de forgeron se rapproche beaucoup du vôtre; mais nous le sommes du moins complétement sous le rapport du travail, qui, je le vois, ne vous laisse pas plus en repos que moi-même lorsqu'il m'appelle à lui. Je suis occupé comme premier ouvrier dans une forge considérable située à quelques lieues

de Paris. Des rhumatismes, qui me sont survenus par suite de transitions du froid à une
excessive chaleur, me forcèrent à prendre une
saison, et comme votre petite ville de Bains
est voisine de mon village natal, j'y suis
venu de préférence afin de revoir en même
temps ma famille dont je suis séparé depuis
près de dix ans.

— Enchanté de rencontrer en vous un brave
et digne camarade ! s'écria le serrurier en
tendant la main à son hôte ; vous avez dit
vrai, ajouta-t-il ; la confiance et l'estime sont
plus entières dès que l'on se sent unis par
cette espèce de lien fraternel qui enlace tous
ceux dont la vie s'active dans un travail
utile.

— Etes-vous marié, monsieur ? avez-vous
des enfants ? demanda à son tour Mme Deschamps, non moins flattée que son mari de
ce que l'étranger qu'elle avait à traiter ne

fut point d'une condition trop différente de la leur.

— J'ai bien la meilleure des femmes que l'on puisse désirer, répondit ce dernier avec sentiment; mais nous avons le regret tous deux d'être privé d'enfants, ce qui est jusqu'ici le chagrin le plus vif que nous ayons eu à supporter. »

Le temps ne fit que resserrer cette douce intimité entre ces bons et honnêtes ouvriers. André et la petite Jeanne, d'ailleurs, se montrèrent toujours si empressés à faire plaisir au cher monsieur, comme ils l'appelaient, que celui-ci éprouva une véritable peine lorsqu'il se vit forcé de les quitter, ainsi que leurs parents, pour se rendre au désir de son vieux père qui ne cessait de réclamer sa présence.

« Je reviendrai l'an prochain, je te le promets, ma petite amie, » dit-il à Jeanne dont

la main tremblante s'agitait dans la sienne au
moment du départ, sans qu'elle pût exprimer
ses regrets autrement que par des larmes.
Puis il l'embrassa ainsi que toute la famille,
et partit le cœur tout oppressé de cette séparation.

II

« Dans un an c'est bien long ! observa la petite fille quand on fut rentré à la maison..... Il nous aimait tant, il était si bon pour nous ! ajouta-t-elle, en entrecoupant ses paroles par ces sanglots d'enfant, qui sont une expression si vraie de la douleur qu'ils ressentent. »

Cette réflexion naïve arracha un soupir au serrurier ; il regarda tristement sa femme et dit avec amertume :

« Qui sait si dans un an nous serons encore ici ?

« Allons, allons, toujours tes pressentiments de malheur ! répondit Agathe. Espérons, mon pauvre ami. Quand on fait, comme nous, tous les efforts possibles pour se maintenir dans ses affaires, il faudrait que les chances fussent bien contraires pour que l'on n'y parvienne pas.

— Et cette créance de cinq cents francs, dont le terme approche, comment nous en acquitterons-nous ? objecta Deschamps d'un ton qui prouvait bien l'impuissance des raisonnements de sa femme sur ses secrètes inquiétudes.

— Avoue que le départ de ton nouvel ami est pour beaucoup dans ta disposition à voir les choses sous leur côté le plus alarmant, répondit madame Deschamps avec douceur. N'avons-nous pas déjà les deux cents francs qu'il vient de nous remettre, et ne pouvons-nous réclamer aux personnes qui nous doivent ?

ainsi nous parviendrons à faire la somme pour le moment de l'échéance, sois-en persuadé. »

Le serrurier secoua la tête en signe d'incrédulité, et retourna à son travail.

« Est-ce que l'on pourrait nous chasser de notre maison, maman? demanda alors la petite Jeanne, dont le jeune esprit n'avait saisi que cette phrase dans la discussion de ses parents.

— Mais non, mon enfant, Dieu est trop bon, et nous le prierons si bien de nous protéger, qu'il viendra à notre secours. »

La petite fille parut aussitôt convaincue par ces paroles de sa mère, et vola à l'instant vers l'atelier de son père, afin de lui faire partager son espoir.

Quant à André, arrivé à l'âge où l'on commence à comprendre la vie avec ses difficultés, il avait penché son front sur sa main, et semblait réfléchir douloureusement sur le péril de leur situation présente.

Agathe s'approcha de lui avec tendresse et, tâchant de donner à sa voix le plus d'assurance possible, « Manquerais-tu de confiance, mon André? dit-elle : va, console-toi ; ce n'est pas quand on agit comme nous le faisons, que l'on peut avoir à craindre d'aussi grandes infortunes.

— Ce qui m'afflige surtout, ma bonne mère, répondit le jeune homme en relevant la tête, c'est le peu de part que j'ai prise jusqu'alors dans la lourde tâche qui pèse sur vous et sur mon pauvre père. Ne suis-je pas assez fort pour vous venir en aide? pourquoi continuerais-je à poursuivre mes études puisque mon travail vous est devenu indispensable?

— Toi, cher fils! à quinze ans, sacrifier à notre gêne les heureuses dispositions que tu montres pour les travaux d'intelligence? s'écria madame Deschamps ; oh ! nous n'y consentirons jamais.

— J'en aurai plus encore pour des occupations qui devront vous être utiles, objecta avec fermeté le courageux jeune homme. Mon père a un ouvrier auquel il donne deux francs par jour : qu'il me permette de prendre sa place, et bientôt il n'aura pas à se repentir du choix qu'il aura fait. »

La tendre mère se sentit émue jusqu'aux larmes en entendant cette proposition de son enfant.

« Ne perdrais-tu pas, en te livrant à ce métier pénible, cette brillante santé qui faisait notre joie, mon André ? objecta-t-elle. Et qu'aurions-nous alors pour nous consoler au milieu de nos soucis ?

— Ne craignez pas cela, mère, répondit le digne jeune homme avec feu. Ne m'avez-vous pas dit bien souvent que quand on accomplit un devoir sacré on puise des forces dans la satisfaction de sa conscience et dans la tendresse de ceux que l'on aime ; comment voudriez-vous qu'il en fût autrement pour moi ?

— Agis selon ton cœur, noble enfant, dit alors Agathe en regardant celui-ci avec attendrissement. Nous irons communiquer ton projet à ton père, et s'il n'y voit aucun obstacle, je suis prête à y consentir. »

Le lendemain deux marteaux se faisaient entendre dans l'atelier du serrurier ; mais il était facile de s'apercevoir qu'un poignet expérimenté dirigeait les coups de l'un, tandis que l'autre, retombant craintif et mal assuré sur l'enclume, faisait pressentir l'inhabileté d'un apprenti.

« Ne voilà-t-il pas Deschamps qui fait de son fils un ouvrier ? dirent les voisins, après avoir jeté un regard curieux dans son atelier.

Que lui prend-il donc? il nous avait pourtant bien affirmé qu'il voulait en faire un homme de science? »

Ces bonnes gens auraient bien désiré sans doute, être assez clairvoyants pour deviner le motif qui avait changé ainsi les résolutions du serrurier ; mais, après bien des conjectures plus ou moins hasardées, ils durent convenir qu'ils ne comprenaient rien, et se contenter de hausser les épaules sur l'instabilité des idées de leur ami Deschamps. »

III

Cependant, malgré l'activité infatigable du père et du fils, malgré les démarches réitérées que faisait la mère près des personnes qui leur étaient redevables, la somme mise en réserve pour le paiement de la créance ne grossissait point, ce qui plongeait la malheureuse famille dans une stupeur extrême, car l'époque de l'échéance approchait.

Qui pouvait prévoir les suites qu'allait avoir cette mauvaise affaire? Deschamps savait fort bien que leur créancier était un de ces êtres durs et sans cœur, dont l'intérêt sordide passe avant toute autre considération ; aussi n'avait-il plus de repos ni le jour ni la nuit, tant il envisageait sa position avec effroi.

« Voilà donc où nous auront conduits nos efforts, » pensait-il avec amertume, et sa tête retombait abattue sur sa poitrine, sans que son bras se sentît la force de reprendre son travail.

D'une nature énergique et pleine de cette dignité que donne à la jeunesse la persuasion de n'avoir point démérité l'estime de tous, André se révoltait de l'injuste tyrannie qu'exercent les hommes d'argent sur les pauvres victimes tombées en leur pouvoir. Il comparait le caractère de son père avec celui de l'usurier qui, bientôt peut-être, allait l'accabler de ses menaces humiliantes, et le sang lui montait au visage et refluait ensuite vers son cœur oppressé.

Le jour fatal étant arrivé, Agathe, la mort

dans l'âme, se leva dès le matin, mit en ordre son ménage, habilla la petite Jeanne, afin de l'envoyer à l'école, et de la soustraire ainsi à la scène pénible qui allait se passer.

Le serrurier et son fils se mirent au travail, et tous attendirent dans le trouble, l'effrayante visite de l'usurier. Celui-ci ne tarda pas à se présenter.

« Cinq cents francs ! dit-il en mettant sous les yeux de Deschamps le billet que celui-ci avait souscrit.

— Je n'ai que moitié de la somme en ce moment, répondit l'ouvrier avec l'air d'un coupable que l'on prend en faute, les rentrées sont difficiles, je n'ai pu réaliser davantage.

— Toujours les mêmes excuses, ils n'en font point d'autres ! » grommela le créancier comme se parlant à lui-même ; puis, s'adressant à son débiteur, « Ce n'est pas la moitié de la somme qu'il me faut, reprit-il, c'est la totalité de ma créance, ou gare aux bibelots!

— Ne m'enlevez pas les seuls moyens qui me restent pour soutenir ma famille! s'écria le serrurier effrayé.

— Ah! ah! si j'avais la niaiserie de m'inquiéter des familles de tous ceux qui ont à faire à moi, je serais bientôt ruiné! répondit brutalement l'usurier. Pour moi, vous ne représentez qu'une valeur de cinq cents francs, que je dois vous faire produire de quelle manière que ce soit, voilà ma morale.

— Ne manquez pas de respect à mon père, ou vous me le paierez plus cher que vous ne le pensez! s'écria alors André exaspéré par le ton froid et railleur de l'odieux créancier. Usez de vos droits, si telle est votre intention; mais je vous défends toute parole qui puisse insulter en quoi que se soit au caractère d'un homme que vous êtes indigne de regarder en face.

« — C'est plaisant ! c'est plaisant ! où la vanité va-t-elle se placer ! repartit de nouveau l'usurier en éclatant de rire ; ne croirait-on pas entendre parler un millionnaire ? »

Là-dessus le prudent jeune homme, se sentant prêt à en arriver à la violence, ouvrit la porte et fit un signe si énergiquement expressif au créancier, que celui-ci ne jugea pas à propos de résister, et sortit en proférant toutefois les plus violentes menaces.

A quelques jours de là, les meubles et les outils du malheureux serrurier étaient vendus par autorité de justice, et il se trouvait réduit à aller demander asile, pour lui et sa famille, à M. P...., maître de forge dans les environs de Bains, en s'engageant à entrer chez lui en qualité d'ouvrier.

Pour bien comprendre l'énormité du sacrifice que faisait le courageux serrurier en acceptant cette position, il faudrait avoir visité comme nous, ce vaste mais triste établissement, où des centaines de malheureux, pâles et haletants, semblent se hâter d'en finir avec une existence qui leur est par trop accablante. Il faudrait avoir vu ces misérables réduits, où leurs femmes et leurs enfants se flétrissent avant l'âge, au milieu d'une atmosphère fétide et malsaine ; puis, comme pour leur faire mieux sentir encore leur misère, cette luxueuse demeure du maître, s'élevant avec orgueil au-dessus des pauvres habitations accroupies à ses pieds ; enfin ces jardins, ces bosquets remplis de senteurs et de chants d'oiseaux, qui forment contraste avec le sol fangeux et aride où se trouvent bâties la forge et les maisons destinées aux ouvriers.

Lorsque Deschamps et sa famille entrèrent dans le logement qu'on leur avait désigné, ils furent saisis d'un douloureux serrement de cœur à la vue de ces murailles noircies et humides au milieu desquelles il leur faudrait vivre à l'avenir.

« Ne te semble-t-il pas descendre dans la tombe qui doit nous engloutir tous? dit la pauvre Agathe en attachant sur son mari des yeux remplis de larmes et de sinistres pressentiments.

— Courage, courage, chère femme ! répondit ce dernier d'une voix qui trahissait son abattement intérieur quoiqu'il s'efforçât de paraître résigné. Courage, mon André, ma petite Jeanne, répéta-t-il en prenant l'enfant dans ses bras, Dieu ne nous abandonnera pas; il viendra à notre aide si nous l'aimons, si nous espérons en sa bonté.

— Oh! oui, prions-le de faire descendre l'espérance sous ce toit de misère! s'écria la malheureuse mère en se jetant à genoux, ce qu'imitèrent Deschamps et les enfants. Puis, d'un accent qui ressemblait plutôt à une plaintive litanie qu'à une prière, elle supplia le

Ciel d'avoir pitié de leur infortune et de leur donner la force de la supporter.

Ils se sentirent plus calmes après cet acte religieux qui paraissait avoir fait rayonner une lueur de foi et d'espérance dans leur sombre demeure. Aussitôt ils se mirent à y ranger les quelques meubles que n'avait pu leur enlever le cruel usurier ; puis l'active Agathe prépara le repas du soir, mit en ordre le linge et les vêtements, si bien que quand la nuit fut venue, l'aspect des deux chambres qui formaient leur chétif logement n'était déjà plus aussi pénible à voir.

IV

A peine l'aube commençait-elle à blanchir l'horizon, quand la cloche se fit entendre pour appeler les ouvriers qui n'avaient point passé la nuit dans les ateliers.

Alors une discussion assez vive s'engagea entre les membres de la famille Deschamps. Le père et la mère avaient décidé que leur fils se rendrait chaque matin à la ville, afin d'y suivre les cours de dessin, de français et de calcul, qui s'y donnaient gratuitement dans l'une des salles de l'école primaire ; mais André, en voyant son père se disposer à aller entreprendre les occupations fatigantes qui devaient à l'avenir être son partage, ne put résister au sentiment profond qui s'agita dans son âme, et, se levant avec résolution, il déclara qu'il irait lui aussi à la forge et qu'il tâcherait de s'y rendre utile de manière à alléger la tâche de son père.

« N'est-ce point assez que je sois forcé de sacrifier ma vie en travaillant dans cette fournaise ardente, sans que j'aie encore la douleur de t'y voir dépérir sous mes yeux? répondit Deschamps d'une voix attendrie ; non, mon fils, je ne le permettrai point; ce serait en vain que tu essaierais cette fois de vaincre ma résolution.

— Je vous en supplie, mon père ! dit le courageux garçon en appuyant avec tendresse son bras sur l'épaule du forgeron ; je souffrirais trop de vous sentir ployer sous la peine , sans être là pour vous soutenir et vous venir en aide.

— Va, cher et digne enfant, va chercher à acquérir des connaissances qui puissent te soustraire à ma destinée mauvaise, et tu ranimeras ainsi plus sûrement mon énergie, ainsi tu soulageras mieux mon cœur.

— Obéis au désir de ton père , mon André , reprit alors la sensible Agathe d'une voix pleine de larmes. Notre consolation et notre espoir sont en toi; ne nous expose pas à avoir encore un jour à en déplorer la perte. »

Le jeune homme se tut, voyant bien qu'il lui serait impossible d'ébranler la détermination de ses parents, et Deschamps courut à la forge, de peur dé s'attirer des reproches dès son entrée dans l'établissement.

Quand il se présenta , le contre-maître lui fit signe d'approcher de son bureau, prit un registre et se mit à ouvrir un compte au nouvel arrivé.

Ce contre-maître était un homme d'unë cinquantaine d'années. Son regard dur, ses traits caractérisés, son ton d'autorité presque brutale, lui donnaient assez l'air de ces gardiens d'esclaves, qui ne connaissent que leur consigne, et mettent tout leur orgueil à faire mouvoir plusieurs centaines d'individus comme une seule machine que l'on aurait mise en leurs mains.

« Vous êtes l'ouvrier inscrit sous le nom de Deschamps? dit-il en regardant celui-ci, comme pour juger de la force de ses muscles. Puisque vous avez été serrurier, vous devrez être bientôt habile forgeron, si vous n'êtes point un paresseux ou un être incapable.

— Veuillez me mettre à l'œuvre, monsieur, répondit Deschamps avec dignité, et si je ne conviens point, je me retirerai.

— Allons, pas de fierté, cela ne me va pas du tout, répliqua le contre-maître en conduisant l'ouvrier près de l'enclume qui lui était destinée : la soumission, rappelez-le-vous bien, autrement vous seriez bientôt chassé d'ici.

— Oh! pourquoi suis-je forcé d'y demeurer, pensa le pauvre Deschamps en refoulant au fond de lui-même l'indignation que lui inspiraient les paroles outrageantes de cet homme. Puis il se mit à l'ouvrage avec toute l'ardeur que donne le désespoir aux natures énergiques et courageuses.

Près de lui travaillait un jeune homme de vingt à vingt-deux ans, dont le visage, quoique altéré par la fatigue et noirci par la houille, avait cependant en ce moment une expression de pitié qui n'échappa pas au nouveau forgeron.

« Ne vous affectez pas de ce qu'il vient de vous dire, murmura-t-il à l'oreille de Des-

champs en désignant le contre-maître qui re-
gagnait son bureau ; il n'est pas aussi bien en
pied dans la maison qu'il semble le croire ; car
je tiens de source certaine, qu'il doit se voir
remplacer prochainement par un habile forgeron que l'on fait venir de Paris ; ainsi il
est probable que nous en serons bientôt dé-
barrassés. »

Le nouveau forgeron serra la main à son
jeune compagnon, en signe de gratitude, pour
les consolations qu'il essayait de lui donner ; et
tous deux recommencèrent à rivaliser de vigueur
pour amincir, sur la même enclume, les longues
barres de fer qu'ils tiraient de la forge.

Nous croyons devoir faire connaître à nos
lecteurs, que pour ne point avoir à payer un
trop grand nombre d'ouvriers, tout en obtenant
une quantité suffisante d'ouvrage, M. P... avait
eu l'ingénieuse idée de faire passer une nuit
sur deux aux malheureux ouvriers qu'il em-

ployait ; ce qui était pour beaucoup, comme on doit bien le penser, dans le dépérissement qui se produisait chez ces derniers après quelques mois d'exercice.

Dès le premier jour de son arrivée, Deschamps dut faire partie du nombre des veilleurs, et, malgré le besoin qu'il ressentait de se reposer des fatigues de la journée, il lui fallut quitter sa femme et ses enfants après le repas du soir, pour aller reprendre son lourd marteau jusqu'au lendemain à pareille heure.

Vainement André voulut-il suivre son père, vainement couvrit-il de ses malédictions un abus qui devait infailliblement mettre en péril une existence qui lui était si chère, il lui fallut encore une fois obéir à l'autorité paternelle et se reconnaître impuissant pour faire changer un ordre de choses dont son cœur s'irritait si justement.

Quant à la malheureuse mère, elle regardait, tout en travaillant, le jeune front de son fils penché déjà sous des chagrins aussi amers, puis sa petite Jeanne qui jouait gaiement auprès de son frère, n'ayant rien compris de ce qui venait de se dire autour d'elle ; et son cœur maternel se brisait à la pensée du sombre avenir ouvert devant ces êtres chéris.

« Permettrons-nous donc, mère, que mon pauvre père ruine sa santé jour par jour afin de subvenir à notre existence ? demanda André après avoir réfléchi en silence pendant plus d'un quart d'heure.

— C'est la question que je me fais depuis ce matin, mon ami, sans pouvoir arriver à la résoudre, répondit Agathe avec abattement. Que deviendrions-nous sans argent, sans mobilier ? personne ne consentirait même à nous loger.

— Nous sommes donc enchaînés au malheur pour toujours! observa le jeune homme d'une voix si lamentable qu'elle fit tressaillir la tendre mère. Il faudra m'habituer, continua-t-il sur le même ton douloureux, à voir le visage respectable de celui auquel je dois la vie se creuser peu à peu jusqu'à ce qu'il en arrive à ressembler à ces cadavres vivants qui se meurent dans cette forge fatale!

— Dieu est bon, mon André, espérons, » furent les seules paroles que put prononcer la malheureuse femme. Puis tous deux se mirent à réfléchir de nouveau, et l'on n'entendit plus dans la chambre que la voix enfantine de la petite Jeanne, qui continuait à jouer près de la fenêtre, sans se douter de la navrante disposition d'esprit de sa mère et de son frère.

V

Le jeune compagnon de Deschamps ne s'était
pas trompé quant à la prédiction qu'il lui
avait faite du renvoi prochain de leur méchant
contre-maître. M. P...., tout en rendant
justice au zèle de son agent, le connaissait
depuis longtemps comme un routinier, un
entêté, incapable de prendre jamais l'initiative
pour amener quelque amélioration profitable
dans son industrie : aussi s'était-il décidé à
faire venir de la capitale un habile forgeron,
dans l'intention de lui confier la surveillance

de ses vastes ateliers, sans en prévenir toutefois son contre-maître actuel, dans la crainte que le service de ce dernier n'eût à souffrir du mécontentement qu'il allait éprouver de sa disgrâce.

C'est un véritable événement pour les ouvriers d'un établissement de ce genre, que le changement d'un contre-maître, surtout quand ils ont à se plaindre des procédés de celui que l'on va renvoyer ; aussi vit-on les malheureux forgerons relever leurs fronts avec plus de confiance, lorsque M. P.... lui-même vint leur annoncer l'arrivée d'un nouveau surveillant, tout en leur recommandant d'avoir pour ce dernier la soumission la plus entière.

« Ne vous l'avais-je pas prédit, l'ami ? dit alors le jeune forgeron en s'adressant à Deschamps qui venait d'écouter, comme les autres, la bonne nouvelle apportée par le maître.

— Qui sait si nous ne tomberons pas plus mal encore ? répondit ce dernier en secouant douloureusement la tête.

— Pas possible ! répliqua le jeune homme ; il n'y a pas deux êtres dans l'univers entier capables d'exercer sur leurs semblables une tyrannie aussi détestable. »

Une heure après M. P.... reparaissait, accompagnée d'un homme d'une quarantaine d'années environ et dont l'air affable et intelligent plut tout d'abord à la généralité des forgerons.

« Je vous présente M. Dubois, qui doit à l'avenir être chargé de la surveillance des travaux ! s'écria le maître de manière à être entendu de tous ; obéissez-lui comme à moi-même, avec estime et respect. »

A ce nom de Dubois, Deschamps s'était rapproché vivement du groupe d'ouvriers, qui, ayant entouré tout de suite M. P.... et le nouveau contre-maître, l'avait empêché de voir les traits de ce dernier.

« Ah ! c'est bien lui ! dit-il en se faisant passage ; et aussitôt il se trouva en présence de l'hôte bienveillant que nous connaissons déjà, et qui lui fit l'accueil le plus franc, le plus cordial possible.

— Je comptais aller vous voir, ainsi que votre aimable famille, dans votre petite maison près de l'église, lui dit le contre-maître étonné ; comment se fait-il, mon brave ami, que je vous retrouve en ces lieux ?

— Je vous conterai tout cela plus tard, répondit Deschamps avec tristesse ; mais en attendant, croyez que je me félicite de me voir sous les ordres de l'homme que j'estime et que j'aime le plus en ce monde. »

Ici un signe impératif du maître de forge lui fit comprendre qu'il devait se retirer, et aussitôt il regagna son enclume en remerciant le Ciel de cette première consolation qu'il lui envoyait dans son malheur.

Le soir étant venu, Deschamps se disposait à se rendre chez lui, afin de faire part à sa famille de l'événement heureux de la journée, quand le bon M. Dubois vint à lui et lui dit en lui posant amicalement la main sur l'épaule :

« Votre position m'occupe étrangement, mon brave camarade ; allons ensemble voir votre femme et vos enfants, et vous m'expliquerez par quelles circonstances déplorables vous avez été forcé d'abandonner une situation indépendante pour l'espèce d'esclavage qui, je le vois avec peine, fait la base du système de cette maison. »

Alors il passa son bras sous celui du forgeron, et tous deux sortirent de l'atelier, y laissant les ouvriers au comble de la surprise de ce qu'un monsieur à l'air aussi comme il faut ne craignait point de s'abaisser jusqu'à traiter en ami un homme qui, selon eux, lui était si inférieur.

On se ferait difficilement une idée de la joie d'Agathe et de ses enfants lorsqu'ils virent apparaître sur le seuil de la porte de leur misérable habitation le digne étranger dont ils avaient conservé un si doux souvenir, et surtout lorsqu'ils apprirent le rôle important qu'il allait avoir à la forge.

« Je viens partager comme autrefois votre frugal repas, dit le contre-maître en s'asseyant sans façon près de la table qui se trouvait servie.

— Jamais je n'aurais osé vous en faire l'offre, monsieur, répondit la ménagère en rougissant de la pauvreté de son service ; mais enfin, ajouta-t-elle, puisque vous êtes assez bon pour paraître ne point vous apercevoir de notre dénuement, je vais mettre votre couvert, et nous tâcherons d'oublier près de vous les tristes événements qui nous sont survenus depuis notre séparation.

— Et on ne pleurera plus, puisque notre cher monsieur nous est revenu! dit la petite Jeanne en prenant souriante la main de ce dernier.

— Cela t'ennuyait, n'est-ce pas, joyeuse enfant, ces larmes continuelles que l'on versait autour de toi? demanda M. Dubois en la caressant.

— Cela me faisait pleurer, répondit la petite fille. J'aimerais tant de voir papa, maman et André bien heureux !

— Eh bien, je ferai tout ce qui dépendra de moi pour qu'ils le soient à l'avenir, reprit le contre-maître tout ému de la réponse naïve et pleine de sentiment de l'enfant ; puis il ajouta : Si des méchants veulent encore leur faire du mal, je les défendrai, je te le promets. »

Confiante dans cette promesse, Jeanne fut d'une gaîté charmante pendant le dîner, si bien que l'on finit par se croire réunis de nouveau dans la petite maison près de l'église, tant la conversation s'engagea intéressante et agréable pour tous.

« Je m'aperçois, dit enfin M. Dubois, que nous nous écartons complétement, mes amis, du sujet qui a déterminé ma démarche de ce soir. Il faut cependant bien, ajouta-t-il, que vous me fassiez le récit de ces quelques mois d'infortune qui ont amené un si grand changement dans votre existence.

— C'est vrai, répondit Deschamps ; nous avons un tel plaisir ensemble, que le souvenir de la triste réalité commençait à être bien loin de notre esprit. »

Alors il raconta dans tous ses détails ce que nous savons déjà, et termina en assurant le contre-maître que ses regrets lui seraient peu pénibles à l'avenir puisqu'il avait retrouvé en lui un protecteur dévoué.

« Mais comment ne m'avez-vous pas confié votre inquiétude pendant mon séjour près de vous? demanda ce dernier ; me croyiez-vous un homme aussi dur que votre usurier, en supposant que je me refuserais à vous rendre service dans une circonstance pareille.

— J'y avais songé, répondit Deschamps ; mais cette dette n'étant pas seule à peser sur moi, nous n'aurions fait que reculer un événement que je ne pouvais éviter : c'est pourquoi je n'ai pas voulu vous compromettre dans une affaire où vous pouviez être victime de votre générosité à notre égard.

— Touchez-là, mon brave camarade, dit alors M. Dubois en tendant la main au forgeron ; votre délicatesse me plait, quoique une perte aussi légère ne m'eût pas été bien lourde à supporter. J'aurais agi comme vous l'avez fait : aussi est-ce pour moi une preuve de plus que nous avons le droit de nous estimer l'un l'autre comme d'honnêtes gens et de nous aimer comme de dignes amis. »

Cependant il fallut penser à se quitter, car il se faisait tard, et Deschamps devait passer la nuit du lendemain. Le contre-maître se leva, promit à la petite Jeanne de revenir bientôt, et sortit pour regagner l'appartement qu'on avait préparé dans la maison du maître pour lui et sa femme qui devait arriver sous quelques jours.

VI

Le bon M. Dubois ne fut pas longtemps sans s'apercevoir de l'organisation déplorable de l'établissement dont il avait accepté la surveillance ; aussi se serait-il repenti vivement d'y être venu, s'il n'avait espéré convaincre M. P... de la nécessité de réformes importantes, surtout dans ce qui concernait la position des ouvriers. Abuser de leurs forces jusqu'à leur faire passer la nuit au travail, lui paraissait un crime dont il ne voulait point partager la responsabilité : cela ne pouvait plus exister à l'avenir.

Les habitations devaient être assainies et réparées afin que chaque père de famille pût rentrer avec plaisir dans son intérieur pour s'y reposer de ses fatigues de la journée.

Il n'admettait pas qu'ils pussent vivre avec deux francs par jour, attendu la nécessité pour eux de boire du vin et d'être bien nourris ; selon lui, trois francs suffisaient à peine, et on devait au moins les leur accorder.

Puis venait l'éducation des enfants, dont on ne s'était jamais occupé, et qu'il comptait surveiller avec soin, aidé d'un instituteur éclairé qui résiderait dans l'établissement même.

Il fit un rapport détaillé de ces différentes réclamations, et, profitant d'un jour où M. P... lui avait donné des preuves d'une confiance toute particulière, il le lui présenta en le priant de l'examiner à esprit reposé.

« Vous êtes-vous imaginé, monsieur, lui dit celui-ci en l'abordant quelques heures après,

que je vous faisais venir dans ma forge pour
y opérer des changements nuisibles à mes
intérêts? vous vous seriez gravement trompé
sur mes intentions, qui sont, au contraire, de
modifier de plus en plus le système économique
de mon industrie. »

Le contre-maître regarda M. P.... comme
pour s'assurer s'il parlait sérieusement, et lui
répondit avec fermeté :

« Alors vous vous êtes mal adressé, monsieur, car il me serait impossible de demeurer davantage dans une maison qui
diffère sous tant de rapports de celles où j'ai
été employé jusqu'alors.

— Quoi! vos maîtres de forges de Paris
auraient la bonhomie de s'intéresser à la gent
ouvrière au point de lui sacrifier la plus forte
portion de leur gain! s'écria M. P.... en souriant de pitié.

— Au lieu d'augmenter leur fortune de

cent mille francs chaque année, ils se contentent de cinquante mille francs, objecta Dubois
avec assurance, et de cette manière ils ont la
satisfaction de se dire que leur opulence n'est
point le triste fruit des souffrances de malheureux dont ils auraient brisé l'existence.

— Idée de progrès magnifique en théorie !
s'écria ironiquement M. P.... froissé de ce que
l'on osât lui dire la vérité en face ; mais,
songeant qu'il pourrait en peu de temps mettre
à profit l'expérience du forgeron parisien et
s'en défaire ensuite, il changea tout à coup de
ton, et lui dit qu'il était prêt à méditer ces
graves questions, et que s'il avait le bonheur
d'être bientôt converti, il réparerait ses fautes
passées par un acquiescement complet aux
désirs charitables de son digne contre-maître.

Dubois fut loin d'être rassuré par cette promesse ; cependant il en conçut assez d'espoir
pour consentir à demeurer à la forge de M. P....

jnsqu'à ce que celui-ci lui eût fait une réponse définitive au sujet de ses réclamations.

Pouvait-il d'ailleurs abandonner son pauvre Deschamps et sa famille sans avoir tenté de leur être utile ? cette dernière considération surtout eut puissance pour le décider à continuer ses pénibles fonctions au milieu d'infortunés dont la vue seule suffisait pour lui navrer le cœur.

VII

Depuis trois mois déjà le contre-maître Dubois dirigeait les ateliers de M. P.... sans que celui-ci lui eût donné la moindre réponse satisfaisante à la demande qu'il lui avait faite; ce qui commençait à le décourager tellement que s'il n'avait craint de plonger son pauvre Deschamps dans le désespoir, il serait reparti sans retard pour Paris afin de reprendre sa place chez son ancien maître.

« J'attends toujours, monsieur, que vous me fassiez connaître le résultat de vos réflexions, dit-il un jour au maître de forge d'un ton assez sérieux, espérant ainsi le décider à lui faire connaître ses intentions.

— Je suis un coupable si endurci dans le crime, répondit celui-ci en riant, qu'il me faut plus de temps qu'à un autre pour arriver à une conversion véritable; cependant ne désespérez point; votre triomphe n'en sera que plus éclatant, si jamais vos touchantes exhortations viennent à produire un miracle.

— Accordez-moi au moins la permission de ne plus faire passer les nuits aux ouvriers? répliqua Dubois peu satisfait de cette réponse et du ton avec lequel elle avait été faite.

— Plus tard, plus tard, nous verrons à nous décider à ce sujet, reprit le maître avec un mouvement d'impatience. Vous savez qu'en ce moment les commandes nous pressent, ajouta-t-il, nous choisirions donc mal notre temps pour amener cette réforme dans nos ateliers.

« — Mais si je vous promettais, monsieur, de faire produire à la journée autant d'ouvrage que vous avez pu en obtenir jusqu'ici, me donneriez-vous votre parole que mes vœux seraient exaucés ?

— Si je croyais la chose possible, peut-être oui, répondit M. P...; mais comme je doute que vous soyez doué d'un pouvoir surnaturel, je me borne à vous laisser de l'espoir pour l'avenir, sans rien décider pour le présent.

— Les moyens que j'emploierais n'ont rien que de très-naturel, répartit Dubois avec le ton ferme d'un homme qui est certain d'exécuter ce qu'il promet, et dès demain je commencerai à les mettre en œuvre, si toutefois je suis assuré de recevoir pour récompense la grâce que je réclame depuis si longtemps. »

Ici le maître de forge parut réfléchir. Dubois lui avait déjà donné plusieurs fois des preuves de sa grande capacité dans le métier en inventant des méthodes de travail beaucoup plus expéditives ; il pouvait bien se faire qu'il ne lui eût encore révélé qu'une faible partie de sa science ; il devait donc promettre, sauf à lui à trouver une excuse pour retirer sa parole au moment où elle devrait être mise à exécution.

— Opérez ce prodige, mon brave, dit-il avec feu, et je vous déclare que ce que vous me demanderez vous sera accordé. »

L'habile contre-maître s'était fort bien aperçu, dès les premiers jours, que les ouvriers de la forge, non guidés dès leur début par un homme expérimenté, n'avaient point cette promptitude, cette sûreté d'exécution qui assure à chaque mouvement que fait le travailleur un avancement sensible vers l'achèvement de la pièce qu'il tient sur l'enclume ; mais comme pour modifier ce défaut à peu près général dans l'atelier, il lui fallait prendre chaque forgeron en particulier et le former lui-même en faisant ıgir le marteau sous ses yeux, il n'avait pas ːru encore devoir se donner tant de peine pour ın maître qui se montrait si peu empressé de lui être agréable.

Aussitôt qu'il se crut certain de la parole qui venait de lui être donnée, son zèle ne connut plus de bornes, et sans retard il entreprit sa tâche difficile, sans s'inquiéter des fatigues qu'il allait avoir à éprouver.

Son système de conduite avec les ouvriers avait été tout d'abord de s'attirer non-seulement leur estime, mais aussi leur affection, en leur montrant toujours le plus vif intérêt et la plus touchante sympathie : aussi avait-il réussi au delà de toute espérance sur ces malheureux jusqu'alors victimes de l'injustice et de la méchanceté des êtres vulgaires auxquels on avait accordé tout pouvoir sur eux.

Il avait remplacé les menaces injurieuses par des recommandations presque paternelles, les

ordres rigoureux par des manifestations de désirs
dont il se donnait la peine de faire comprendre
l'utilité ; et comme l'intelligence et le sentiment
restent en germe dans la nature humaine lors
même que les circonstances n'ont pas été favo-
rables à leur développement , il n'avait eu qu'à
se louer de sa méthode bienveillante.

« J'ai obtenu, mes amis, leur dit-il le lendemain de son entretien avec M. P.., j'ai obtenu
que vous ne veilleriez plus; mais à une condition : c'est que vous arriverez à compléter
avant la nuit le travail que l'on exige de vous.
Ne croyez point la chose impossible ; confiez-vous
plutôt à ma longue expérience qui me dit qu'en
réunissant nos efforts nous devons réussir. »

Une rumeur de satisfaction mêlée à des
paroles confuses de reconnaissance accueillirent cette harangue du bon M. Dubois, et
tout de suite il commença son cours de maître
forgeron en s'emparant du marteau du pre-

mier venu pour indiquer la savante manœuvre que l'on pouvait en faire.

Deschamps avait écouté avec admiration les paroles de son généreux ami; mais lorsqu'il le vit aller de l'un à l'autre pour expliquer les règles du métier, tout en les appliquant le marteau en main, il ne put maîtriser son émotion, et de grosses larmes tombèrent sur ses joues.

« Vous êtes bien l'être le meilleur, le plus courageusement dévoué que Dieu ait créé, lui dit-il le soir lorsqu'ils sortirent ensemble comme ils en avaient l'habitude.

— J'ai à cœur de mettre fin à un coupable abus, voilà tout, mon ami, répondit Dubois; et pour peu que l'on ait en soi la moindre notion de justice et d'humanité, peut-il en être autrement?

— Les nobles actions paraissent si naturelles en une âme telle que la vôtre, que vous pouvez fort bien ne pas vous douter de leur mérite réel, répliqua Deschamps ; mais cela ne les empêche pas de descendre dans les cœurs pour y exciter l'admiration et l'amour.

— A demain, mon digne ami, dit le contre-maître en s'apercevant qu'ils étaient arrivés près de sa demeure. Votre femme vous attend, la mienne aussi ; allons nous remettre, près d'elles, de nos fatigues de la journée. »

Puis il serra la main à son cher ouvrier, et tous deux se séparèrent.

VIII

Afin de faire connaissauce avec la bonne Mme Dubois, dont son mari nous a fait un fidèle éloge dans l'un de nos chapitres précédents, nous allons regagner avec lui le beau logement qu'ils habitent dans la maison même du maître de forge, et les suivre un instant dans l'intéressant entretien qu'ils vont avoir ensemble.

La digne femme peut être âgée de trente-cinq ans environ. Sa taille est élevée et bien prise. On voit, aux lignes tendres et paisibles de ses traits, qu'elle a en elle la foi du ciel et l'amour de ses semblables. Son regard intelligent et doux est comme un pur reflet des nobles sentiments qui animent son âme, et l'accent de sa voix, comme l'écho sympathique de l'indulgente bonté qui fait le fond de son caractère.

En ce moment elle est assise, un livre à la main, près du foyer et d'une table bien servie qui semblent attendre l'arrivée de celui pour lequel ces préparatifs ont été faits.

Dès qu'elle entendit le pas de son mari dans l'escalier, elle se leva avec empressement, glissa son fauteuil à sa place habituelle et alla à sa rencontre.

« Eh bien, mon ami, lui dit-elle en l'embrassant, as-tu vu M. P.... comme tu en avais l'intention ? a-t-il enfin pris ta demande en considération ?

— J'espère cette fois l'avoir gagné, chère femme, répondit Dubois en s'asseyant en face de celle-ci dans les meilleures dispositions pour faire honneur à son dîner. Oui, reprit-il, c'est une affaire sûre maintenant, seulement ce sera un peu long encore.

— Comment cela ? dit avec étonnement la bonne dame qui ne comprenait pas comment on pouvait mettre de la lenteur à réparer une injustice aussi grave.

— Je te l'expliquerai plus tard, répondit le contre-maître, ne voulant pas alarmer la sollicitude de sa femme en lui avouant à quelles conditions pénibles pour lui la promesse du maître devait se réaliser.

— C'est que je suis impatiente de voir cesser un ordre de choses aussi déplorable, reprit-elle avec sentiment, cela me trouble dans mon sommeil et me préoccupe tout le jour. Il me semble que nous sommes bien coupables de permettre sous nos yeux une pareille infamie, et qu'il est mal à nous de pouvoir vivre heureux et paisibles quand à quelques pas de notre demeure souffrent et meurent sous la peine des créatures de Dieu aussi dignes que nous de partager notre sort.... Ne t'aperçois-tu pas du triste changement qui depuis quelque temps s'opère sur le visage du brave Deschamps ? continua-t-elle après un moment de silence. Examine-le bien après une de ces veilles accablantes, et tu conviendras avec moi qu'il y a lieu de s'inquiéter à son sujet.

— Serait-ce vrai ? s'écria Dubois effrayé. Je ne le vois jamais qu'au milieu de malheureux si amaigris qu'il me semble toujours robuste et bien portant en le comparant à ses pâles compagnons.

— Tu te trompes, mon ami, crois-moi ; il est temps que cela finisse, ou nous aurons bientôt la douleur de voir cette intéressante famille, que nous aimons tant, plongée dans un malheur irremédiable. »

Le contre-maître pensa alors à redoubler d'efforts dès le lendemain ; puis, afin de détourner l'esprit de sa femme d'un sujet sur lequel elle aurait pu lui faire de nouvelles questions auxquelles il ne pourrait répondre, il lui dit en souriant :

« Ta petite Jeanne est-elle venue te voir aujourd'hui, ma chère amie? t'a-t-elle bien égayée de son charmant babil ?

— Oh ! elle n'y manquerait jamais, l'aimable enfant ! répondit Mme Dubois d'un air qui prouvait combien ce souvenir lui était agréable. Elle est venue avec sa mère qui me rapportait les broderies que je lui avais données à faire, et jamais je ne l'ai vue plus joyeuse et plus aimante. Je les ai invités à venir tous les dimanche dîner et passer la soirée avec nous, ajouta la tendre femme, et à l'avenir nous ne manquerons plus de les réunir ainsi. Ces preuves d'affection de notre part peuvent leur faire tant de bien, leur donner tant de courage pour supporter leur situation !

— Excellente femme ! reprit le contre-maître d'une voix émue ; ta sollicitude pour ces chers et pauvres amis me touche profondément, et je suis heureux de te voir toujours me devancer lorsqu'il s'agit de leur être utile. »

Pendant que cette conversation avait lieu entre M. et Mme Dubois, Deschamps et sa famille s'entretenaient de leurs dignes amis avec la plus vive reconnaissance, et ne pouvaient assez s'extasier sur le généreux moyen employé par le contre-maître pour arriver à adoucir le sort des ouvriers de la forge.

L'aspect de leurs deux petites chambres avait déjà bien changé depuis quatre mois à peine qu'ils les habitaient. Les murailles noircies avaient été recouvertes par André d'un papier gris-clair à fleurs bleues qui les rendait plus propres et mieux éclairées. Les fenêtres, où quelques rosiers balançaient leurs dernières roses d'automne, étaient garnies de rideaux blancs en mousseline brochée, et les meubles, cirés et parfaitement entretenus par la diligente Agathe, donnaient un extérieur si rangé au modeste appartement, que l'on devinait en y entrant que des gens de cœur devaient y habiter.

Un bon feu pétillait dans l'âtre, devant lequel était assise la petite Jeanne entre son père et sa mère, tandis que près de la table déjà desservie se tenait André dont la main distraite feuilletait un cahier où il devait écrire les devoirs que lui avait donnés son maître de français.

« L'existence d'un tel homme aura produit plus de bien sur la terre que mille autres réunies, dit le jeune garçon tout impressionné encore de ce que venait de raconter son père sur la noble conduite de M. Dubois. Que de courageuses résolutions n'excite-t-il pas par son exemple dans les malheureux qui sont témoins de son énergique dévouement? que de forces ne développe-t-il pas en eux par ses paroles sympathiques et encourageantes !

— Tu as raison, mon fils, répondit Deschamps, et si tu avais vu comme moi avec quel élan d'espoir mes infortunés compagnons accueillirent ses propositions, tu te serais étonné de la puissance que peut avoir un seul homme sur ses semblables quand il vient à eux avec des intentions charitables.

— Qu'il soit béni, mille fois béni ! dit à son tour la sensible Agathe ; et que le Ciel le récompense pour les consolations qu'il nous donne et celles qu'il apporte aux autres ! »

Après une heure encore employée à se communiquer ainsi les impressions salutaires de leurs âmes, tous les membres de la pieuse famille se mirent à genoux, et la voix douce et pure de l'enfant commença la prière du soir, que chacun répéta avec amour dans le secret de son cœur.

———

IX

Cependant, malgré ces instants de paix et de bonheur domestiques qui étàient laissés au pauvra forgeron, ses forces s'affaiblirent sensiblement sous le poids de la vie par trop laborieuse à laquelle il était condamné. Il s'en effrayait en lui-même ; mais craignant d'inquiéter sa femme, il continuait à travailler sans se plaindre, s'en remettant à Dieu seul pour venir à son secours quand il ne lui serait plus possible d'aller plus loin.

M. Dubois n'était pas sans s'apercevoir

de ce dépérissement de son malheureux ami ; plusieurs fois déjà il lui avait recommandé de se ménager, et, excité par ses craintes de le voir tomber sous la tâche avant la réussite de ses espérances, il ne cessait de stimuler ses ouvriers pour arriver promptement à leur faire produire dans le jour la quantité d'ouvrage exigée par le maître.

Quoique encore insuffisants, les progrès étaient rapides et promettaient une réussite prochaine. Chaque ouvrier avait si bien profité des leçons de leur digne contre-maître, que l'animation intelligente qui régnait dans l'atelier n'avait plus rien de ce mouvement mécanique et routinier que l'on y avait remarqué jusqu'alors.

Dès que Dubois eut atteint son but, il en fit prévenir M. P.... afin qu'il pût venir s'assurer par lui-même de l'heureux résultat.

Celui-ci en parut enchanté et félicita son

habile contre-maître de l'importante amélioration qu'il avait produite daus son industrie.

« Rendons plutôt hommage au zèle de nos
courageux ouvriers, répondit Dubois en se
retournant vers ces derniers ; car si je n'avais
rencontré en eux autant de bonne volonté,
j'aurais été bien impuissant dans la tâche
que j'avais osé entreprendre.

— Toujours modeste et généreux ! repartit
le maître de forge en souriant. Vous m'é-
tonnez, mon cher ami, ajouta-t-il d'un air
qu'on aurait eu de la peine à interpréter ;
jamais je n'ai rencontré nulle part un être
aussi désintéressé, aussi dévoué que vous.

— Nos braves forgerons attendent que
vous leur accordiez la récompense qu'ils ont
si bien méritée, objecta Dubois qui s'impa-
tientait de ce discours insignifiant. Veuillez les
affranchir, dès ce soir même, de veiller à
l'avenir.

— Ah! ah! c'est donc une idée fixe chez vous! s'écria M. P... en riant. Vous êtes par trop pressé, convenez-en, continuat-il; ils peuvent avoir réussi aujourd'hui et échouer demain; nous verrons d'ici quelques jours s'ils persévèrent dans leur activité.

— Un homme d'honneur ne doit avoir qu'une parole, monsieur, répondit le contre-maître avec indignation. Je l'ai donnée moi, à ces honnêtes gens, et je ne veux pas être en dessous de ce que je leur ai promis.

— Allons, ne nous fâchons pas, mon cher, reprit le maître de forge. Afin de vous faire plaisir, je leur accorde la liberté pour cette nuit, mais il me serait impossible d'en faire davantage dans ce moment de presse. »

L'irritation de Dubois était à son comble. Ne pouvant plus se contenir, il se disposait à donner sa démission, quand le triste regard de Deschamps vint l'arrêter dans sa résolution.

« Vous pouvez vous retirer, mes amis, dit-il aux ouvriers afin d'interrompre une discussion qu'il ne pouvait plus supporter. Puis, prenant le bras de son pauvre Deschamps, sortit avec lui, laissant M. P... tout interdit de ce procédé respectueux de la part de son contre-maître.

— Nous ne pouvons demeurer davantage sous les lois d'un pareil homme! s'écria alors ce dernier avec exaltation. Je vais écrire à mon patron de Paris, afin de vous faire entrer comme ouvrier dans sa forge, et nous irons ensemble nous y fixer. »

Deschamps ne répondit point ; saisi d'un tremblement nerveux qui fut d'abord attribué par son ami à l'impression qu'il avait dû éprouver comme lui à la vue de ce qui venait de se passer, il se traînait avec peine et ne pouvait articuler une seule parole.

« Je vous ramène votre mari un peu indisposé, ma pauvre madame Deschamps, » dit le contre-maître en soutenant toujours son malheureux ami, dont le visage complétement décoloré commençait à l'effrayer sérieusement.

Agathe ne put retenir un cri en apercevant son pauvre Deschamps ; elle le prit dans ses bras, l'embrassa en versant des larmes, et s'occupa à le mettre au lit, aidée de M. Dubois qui aussitôt courut chercher le médecin. André n'était point encore revenu de la ville, parce que c'était jour de composition, et la petite Jeanne se trouvait en ce moment chez Mme Dubois, si bien que la malheureuse femme resta seule auprès de son mari, dont l'oppression semblait augmenter de plus en plus.

Vainement elle cherchait à le ranimer et à en obtenir quelque réponse qui l'éclairât sur ce qui venait de lui arriver : le malade paraissait anéanti, et son regard même demeurait fixe et sans expression.

Une heure s'était passée ainsi, pour elle, pleine d'angoisse et d'effroi, quand M. Dubois revint accompagné du docteur.

Ce dernier s'approcha du malade, et, après l'avoir examiné avec attention, il annonça qu'une fluxion de poitrine allait se déclarer et que l'espèce de crise à laquelle il était en proie devait cesser aussitôt la saignée opérée.

En effet les yeux de Deschamps ne tardèrent pas à reprendre de la vie, ses joues se colorèrent peu à peu jusqu'à ce qu'elles eussent cette teinte vive et animée qui indique toujours une fièvre violente.

Il regarda avec stupeur les visages des personnes qui entouraient son lit, et parut ne pas comprendre ce qui se passait.

En ce moment André rentra. Il revenait joyeux, apprendre à ses parents qu'il avait obtenu la première place dans sa classe ; mais lorsqu'il aperçut son pauvre père dans cet état, il faillit se trouver mal, tant le sang reflua avec force vers son cœur.

« Du courage, mon garçon ! lui dit M. Dubois en allant à lui ; ce ne sera rien, il faut l'espérer, car on s'y est pris à temps.

— Forge de malheur ! s'écria le jeune homme avec égarement, pourquoi y a-t-il mis les pieds ? mieux nous eût valu mendier notre pain que de lui permettre de venir user son existence dans cet enfer.

— Il est sauvé, mon ami ! lui dit à son tour le médecin profondément ému de sa douleur ; avec des soins empressés, nous parviendrons bientôt à le ramener à la santé. »

Mais, soit qu'il n'eût pas entendu les consolations que l'on essayait de lui donner, soit qu'il n'y eût point cru, il se plaça en face de son père, et fixa ses yeux sur lui avec une telle force, que la tendre mère craignit parfois qu'il n'eût perdu la raison.

Après avoir écrit son ordonnance et promis de revenir le lendemain matin, le docteur se retira, reconduit par M. Dubois, qui voulait s'assurer par les questions qu'il comptait lui faire, si en effet il n'y avait pas de danger dans la position du malade.

« Je n'en prévois point, répondit le médecin ; cependant, comme il pourrait se faire qu'une nouvelle crise se manifestât, il faudrait me faire avertir aussitôt, car une autre saignée serait nécessaire. »

Lorsque Dubois rentra, André était encore debout et immobile au pied du lit de son père. Jamais image de la douleur ne représenta d'une manière plus saisissante la lutte vigoureuse d'une âme que cherche à abattre le malheur, mais qui trouve, dans sa vertu et sa foi profonde, la force de se maintenir ferme et droite sous le regard de Dieu.

« Sans l'injustice et le mauvais vouloir de l'homme serions-nous jamais accablés par de pareilles souffrances? pensait-il en lui-même; pourquoi alors me laisserais-je fléchir dans mon espoir en Dieu, puisque ce n'est que parce que sa volonté est méconnue sur la terre que tous ces maux y germent et y portent leurs fruits empoisonnés? »

Alors ses yeux s'élevaient vers le ciel; ses traits, irrités d'abord, reprenaient leur tendresse habituelle, et l'on voyait au mouvement de ses lèvres qu'une ardente prière s'échappait de son cœur.

Le sensible Dubois et la pieuse Agathe devinèrent bien vite ce qui se passait en lui, aussi respectèrent-ils son recueillement et joignirent-ils leurs vœux sincères à ceux que formait le jeune homme pour son malheureux père.

Le contre-maître avait fait connaître à sa femme, par un voisin qu'il avait envoyé vers elle, l'accident survenu à son ami; puis il lui avait fait recommander de conserver près d'elle la petite Jeanne et de ne point s'inquiéter s'il ne rentrait point de la nuit; il était résolu à ne quitter son cher malade que quand un mieux sensible se serait fait remarquer chez lui.

Rien encore n'indiquait qu'il y eût adoucissement dans le mal; la fièvre continuait à donner beaucoup d'agitation, et une toux sèche faisait éprouver au malade de telles secousses qu'il était impossible d'être rassuré sur son état. Cependant la connaissance semblait lui revenir; ses paroles, jusqu'alors inintelligibles et sans suite, commençaient à avoir plus de sens, ce qui faisait espérer que le trouble porté dans son organisation par cette crise violente ne tarderait pas à se dissiper complétement. Son fils fut le premier qu'il reconnut.

« Mon pauvre André ! dit-il en lui faisant signe de s'approcher de lui, serons-nous donc toujours malheureux ?

— Non, mon père, non, répondit le jeune homme à moitié consolé par le son de cette voix chérie qui venait de prononcer son nom. Non, répéta-t-il avec le ton de la conviction, nous sortirons de cette maison, et, ne fut-ce que dans une cabane élevée par nos mains sur un petit coin de terre, nous parviendrons à vivre en paix du fruit de notre travail, parce que la foi et l'amour résideront au milieu de nous, et que nous ne dépendrons plus de l'égoïsme et de la cupidité. »

Le malade parut plus calme ; il prit la main de son fils, le regarda avec tendresse, et de grosses larmes vinrent tomber sur le front d'André, qui s'était penché vers lui pour l'embrasser.

« Vous ne m'abandonnerez pas non plus, vous, généreux ami, ni toi, chère femme de mon cœur? dit-il en étendant les bras vers ceux-ci. Que votre vue me fait de bien !.... Qu'il est doux d'être aimé par de bonnes créatures !...

— Comment ne te chéririons-nous pas? répondit Agathe en sanglotant; n'es-tu pas l'époux, le père le plus dévoué que l'on puisse voir? serait-ce donc au moment où, pauvre victime de ta sollicitude pour nous, tu réclames nos soins et notre affection, que nous pourrions te les refuser?

— Ne songez plus qu'à vous rétablir au milieu de tous ceux qui vous aiment, mon pauvre ami, dit à son tour l'excellent M. Dubois, car je me charge d'assurer votre position dès que vous serez complétement guéri. »

Un tendre regard de reconnaissance et un

sourire d'espoir furent la seule réponse que put faire le malade ; puis, comme si la fièvre eût cédé en partie à l'influence des consolations qu'il venait de recevoir, il s'endormit bientôt d'un sommeil assez paisible.

X

Afin de ne pas brusquer les choses avant que le moment fût venu de mettre ses projets à exécution, M. Dubois avait résolu de retourner le lendemain matin à l'atelier, comme s'il ne s'était rien passé la veille.

Il y arriva donc à son heure habituelle et y trouva les ouvriers en pleine activité.

» Quoique nous eussions été trompés dans notre attente, mes amis, leur dit-il dès qu'il y fut entré, je vous engage à ne point vous décourager, et surtout à ne pas négliger les règles nouvelles que je vous ai enseignées. Ainsi vous arriverez à être d'habiles forgerons, capables d'occuper avec honneur le premier rang dans quelque forge que ce soit; ainsi vous me consolerez de n'avoir pu mettre suite à la parole que je vous avais donnée, ce qui m'est une véritable peine. »

Des murmures d'approbation, suivis de chaleureuses protestations, répondirent à ces paroles, qui venaient d'être prononcées avec l'accent du plus vif intérêt; puis tous se remirent au travail avec ardeur, afin de prouver à leur bienfaiteur l'empressement qu'ils mettraient toujours à écouter ses conseils.

A peine le contre-maître était-il assis à son bureau, qu'André parut au milieu de l'atelier et s'avança vers lui.

Effrayé de la pâleur et de l'émotion du jeune homme, M. Dubois crut qu'il était survenu quelque crise nouvelle au malade ; mais André le rassura en lui apprenant que son père se trouvait beaucoup mieux et reposait paisiblement en ce moment.

« Merci de m'avoir apporté cette bonne nouvelle, mon jeune ami, dit le contre-maître avec satisfaction.

— Ma démarche a aussi un autre but, monsieur, répondit le jeune homme avec assez d'embarras ; j'aurais une grâce à implorer de vous, et je vous prie d'être assez bon pour ne pas me la refuser.

— Parlez, cher André, et croyez que je vous accorde d'avance tout ce que vous pourrez me demander.

— Permettez - moi donc, monsieur, de prendre la place de mon père dans vos ateliers. J'ai travaillé avec lui l'an dernier, et j'espère arriver bien vite à me rendre utile.

— Vous, mon pauvre ami ? mais ce n'est

pas possible ! s'écria M. Dubois ému jusqu'aux larmes de la proposition du jeune homme.

— Voudriez-vous donc, continua-t-il, épuiser vos forces et ruiner votre santé? Non, non, je ne puis y consentir; vos bons parents d'ailleurs s'y opposeraient, et ils auraient raison.

— Mais ne le faut-il pas? dit André avec feu : outre les besoins de chaque jour, auxquels nous ne pourrions satisfaire, le maître ne va-t-il pas se lasser de loger un ouvrier malade ? Alors que deviendrions-nous? où abriterions-nous mon malheureux père en attendant qu'il fût complétement guéri ? »

Cette réflexion parut frapper le contre-maître. Il connaissait assez M. P... pour ne pas craindre qu'il en vînt à cet acte de dureté si la maladie de Deschamps devait se prolonger; il pencha donc tristement son front sur sa main et se mit à songer à ce qu'il y aurait de mieux à faire.

» Eh bien, je vous accepte, noble enfant, s'écria-t-il tout à coup en relevant la tête ; mais à une condition, c'est que vous n'abuserez pas de vos forces, que vous ne veillerez jamais, et qu'aussitôt les premiers malaises vous m'en avertirez.

— Oh ! je suis plus fort que vous ne le croyez, monsieur, reprit André avec joie : j'aurai du courage, de la persévérance, en pensant que je viens en aide à ceux qui ont tant fait pour moi jusqu'ici.

— Et quand voulez-vous commencer, mon bon André ?

— Tout de suite, si vous n'y voyez aucun obstacle, monsieur, répondit le jeune Deschamps. Mes parents me croient en classe, ainsi je puis disposer de mon temps sans qu'ils se doutent de quelle manière je l'aurais employé.

— Il faut donc que j'accepte toute la responsabilité de votre courageuse action, cher enfant? dit le contre-maître assez soucieux. J'avoue que cela m'effraie un peu, ajouta-t-il ; enfin espérons qu'il ne résultera rien de fâcheux d'une intention aussi méritante devant Dieu. Suivez-moi, je vais vous conduire à l'enclume où, hier encore, votre pauvre père a rempli sa pénible tâche; mais, je vous en prie, ménagez-vous. Il suffit que la place de l'ouvrier Deschamps se trouve occupée pour que la paie lui soit continuée : ainsi ne vous inquiétez pas de l'insuffisauce de votre travail ; je me charge de la compléter en m'emparant de votre marteau pendant une paire d'heures seulement.

— Homme généreux !.... s'écria André avec exaltation ; mais il ne put achever, car Dubois frappait déjà à coups redoublés sur une barre de fer rougie qu'il venait de poser sur l'enclume.

— Regardez-moi bien, jeune homme, lui

disait-il tout en continuant à faire manœu-
vrer son marteau ; un seul mouvement du
bras bien dirigé peut être plus efficace
que dix coups faussement donnés. »

En effet, le fer semblait obéir comme par
enchantement à la volonté de l'habile forgeron : il s'amincissait, se courbait, se re-
dressait sous ce poignet vigoureux, plus puissant
encore peut-être en ce moment, à cause du
noble motif qui le faisait agir.

L'intelligent André eut bientôt saisi les
différents conseils que lui donnait son nouveau
professeur ; il en était dans l'admiration.

« C'est presque de l'art un talent comme le
vôtre, monsieur ! s'écria-t-il avec feu ; jamais
je n'aurais cru que dans ce métier, en apparence si mécanique, l'intelligence pouvait être
d'un aussi grand secours.

— Commencez maintenant, mon jeune enthousiaste, lui dit alors le contre - maître.

Bien.... c'est cela.... ne vous pressez pas....
vous arriverez en peu de temps, je vous le
promets. Continuez ainsi, ajouta-t-il, je vous
laisse un instant agir en liberté, et reviendrai
vous donner une nouvelle leçon lorsqu'il vous
faudra entreprendre une nouvelle pièce. »

En parlant ainsi, il quitta son cher élève,
et s'avança vers les autres ouvriers, qui travail-
laient toujours avec le même zèle, quoiqu'ils
n'eussent point été sans regarder bien des fois
vers l'enclume où se passait la petite scène
que nous venons de retracer.

Les malheureux ont un véritable instinct
pour deviner les choses qui ont rapport aux
malheurs de leurs semblables ; aussi M. Dubois
fut-il très-étonné quand, s'étant approché de
plusieurs de ses forgerons, il les entendit le
féliciter de sa conduite à l'égard du digne fils
de leur compagnon Descamps.

Ils savaient que celui-ci était tombé malade : comprendre qu'André se dévouait pour ses parents, leur avait été l'affaire d'un moment.

« Je n'ai donc pas besoin de le recommander à votre sollicitude, ce noble enfant, leur répondit le contre-maître dont l'émotion faisait trembler la voix; je suis sûr d'avance que vous saisirez toute occasion de lui être utiles; aussi je vous le confie comme je vous confierais mon propre fils. »

Puis il retourna à son bureau, où il essaya vainement de reprendre ses écritures, tant il se sentait agité par ses impressions.

XI

A quelques jours de là, Deschamps se trouvait à peu près en convalescence. La fièvre avait cessé, il commençait à manger avec appétit, si bien que, sans de violentes quintes de toux qui le fatiguaient beaucoup, on aurait pu espérer le voir bientôt se lever.

La bonne Agathe ne le quittait pas d'un instant, et le soignait toujours avec le même zèle, la même tendresse. Mme Dubois et la petite Jeanne, qui continuait à demeurer chez elle, venaient aussi tenir compagnie au malade et cherchaient à l'égayer, l'une par ses consolantes paroles, l'autre par ses douces caresses et sa charmante ingénuité.

L'argent n'avait pas manqué, quoique les frais qu'occasionne une maladie soient toujours assez considérables : l'excellent Dubois se chargeait de ce soin, en ajoutant de sa bourse, au prix de la journée d'André ce qu'il croyait devoir être nécessaire.

« Je ne puis souffrir plus longtemps de tels sacrifices de votre part, mon généreux ami, lui avait dit plusieurs fois le pauvre Deschamps qui, ignorant le dévouement de son fils, croyait devoir tout à son cher contre-maître.

— Nous parlerons de cela plus tard, avait répondu ce dernier en lui serrant la main affectueusement ; en attendant ne vous inquiétez pas, mon digne camarade ; c'est pour nous un fardeau facile à porter. »

Quant à André, jamais il ne se sentait si heureux qu'en se rendant chaque matin à son travail. Sa santé ne paraissait nullement en souffrir, tant il est vrai que la satisfaction intérieure est la sève la plus puissante de notre existence. Sa tâche d'ailleurs lui était tellement facilitée par les êtres dévoués au milieu desquels il l'accomplissait, qu'il en éprouvait plutôt du plaisir que de la peine.

Cependant, comme nos plus louables intentions se voient souvent contrariées par le mauvais vouloir de ceux qui ont quelque droit sur nous, il ne devait pas tarder à perdre le consolant espoir de continuer à être utile à ses chers parents.

Un jour qu'il venait de commencer une pièce assez longue et se hâtait de la terminer pour la soumettre à l'appréciation du bienveillant M. Dubois, le maître de forge entra dans l'atelier, ce qu'il n'avait pas fait depuis sa violente discussion avec son contre-maître.

Ayant aperçu le jeune ouvrier, il alla droit au bureau de Dubois et lui dit avec l'accent du plus vif mécontentement.

« Qu'est-ce, monsieur ? entrerait-il dans vos vues d'amélioration d'introduire bientôt dans mes ateliers des enfants sortant du giron de leurs nourrices? »

Le contre-maître se leva avec dignité, et prenant le ton le plus ferme qu'il lui fut possible il répondit :

« Ce jeune homme est le fils du malheureux Deschamps, monsieur, victime, comme vous le savez, du déplorable système dont vous usez envers vos ouvriers ; pourriez-vous donc me blâmer de lui avoir permis de prendre la place de son père en attendant que celui-ci put reprendre le travail ? »

Furieux de cette observation un peu trop

provocante, M. P... aurait chassé son contre-maître à l'instant même sans la pensée des services qu'il pouvait encore en recevoir; il se modéra donc et chercha à se venger d'une autre manière.

« Digne remplaçant en vérité ! s'écria-t-il en attachant son regard ironique sur le pauvre André dont le bras découragé semblait fléchir sous le poids de son marteau. Vous ne lui comptez au moins que la moitié de la paie ordi-naire? continua-t-il ; encore y aurait-il perte pour moi. »

— Il est payé comme tous, répondit de nouveau Dubois d'une voix qui tremblait d'indignation, et vos intérêts ne sont nulle-ment compromis, car je complète moi-même ce qui manque à sa tâche.

— C'est beau de votre part, cela, mon cher, reprit le maître de forge visiblement vexé d'avoir le dessous dans cette circonstance ; mais comme il ne me va point que mes contre-maîtres s'exposent à perdre leur autorité sur leurs ouvriers en se confondant avec eux, ce jeune homme retournera chez lui, et l'enclume de son père restera libre jusqu'à ce qu'il y revienne lui-même. »

Encore une fois Dubois fut tenté de se démettre à l'instant même de ses fonctions, tant cette conduite l'exaspérait ; mais il songea aux embarras qu'il allait se créer ainsi qu'à son malheureux ami, et, faisant effort sur lui-même, il reprit avec assez de calme :

« Mais que deviendront ces braves gens pendant cette maladie qui peut encore se prolonger? comment se procureront-ils ce qui est de première nécessité au rétablissement du malade ? »

Cette question parut embarrasser celui auquel elle était faite; il réfléchit un instant, puis avec son ton de dureté ordinaire il répondit :

« La femme ne fait donc rien? et ce garçon ne peut-il s'occuper ailleurs qu'à ma
forge ? il y a toujours bien moyen de se
tirer d'affaire quand on a un peu de cœur.

— Ces ressources seraient insuffisantes,
monsieur, repartit le contre-maître en continuant à contenir son indignation, et le malheureux Deschamps, privée d'une nourriture
fortifiante, pourrait rester longtemps encore
incapable de travailler.

— Les ouvriers ne manquent pas, vous
le savez, répliqua froidement M. P....; il
s'en présente journellement : eh bien ! tout
ce que nous aurions à faire dans ce cas, ce
serait de le remplacer, sauf à lui de chercher à s'employer à des occupations moins
fatigantes. »

Le bon Dubois ne put en entendre davantage ; il tourna brusquement le dos au maître
de forge, et se dirigea vers le pauvre André,

qui, plongé dans la consternation , se tenait immobile, les yeux fixés vers la terre , se demandant ce qu'il devait faire.

« Venez mon jeune ami, lui dit-il en lui passant son bras sous le sien ; je vais vous reconduire près de vos parents , et ensemble nous chercherons les moyens de nous sous-traire tous, au plus tôt, à la vie de souffrance que nous avons acceptée dans cette maison. »

Puis, tous deux passèrent au milieu des forgerons, dont le regard triste et découragé disait assez ce qu'ils éprouvaient de douleur en ce moment, et sortirent sans même se retourner vers M. P...

Lorsqu'ils entrèrent dans la chambre du malade , ils le trouvèrent assis sur son lit et s'amusant avec sa petite Jeanne qui lui montrait de jolis jouets que lui avait données Mme Dubois.

« Comment n'es-tu pas en classe comme à l'ordinaire, mon André? demanda-t-il à celui-ci, effrayé autant que surpris de la pâleur et de l'agitation de son visage.

— Nous avons une petite confession à vous faire, papa Deschamps, s'empressa de répondre le contre-maître en serrant la main de ce dernier; mais il faut que vous nous promettiez de ne pas nous gronder; car je dois vous dire à l'avance que je me reconnais aussi coupable que votre fils dans cette circonstance.

— Si c'est d'après vos conseils qu'il a agi, mon sage ami, je prévois qu'il me sera facile de pardonner, » répondit Deschamps en souriant.

Alors Dubois raconta tout ce qui était arrivé, en commençant par la démarche faite près de lui par André, et termina par le récit de la scène qui venait de se passer entre lui et le maître de forge.

« Et il ne s'est point ému de la conduite de mon digne enfant? murmura le malade en attachant ses regards attendris sur
son fils; il l'a chassé impitoyablement? ajouta-t-il avec indignation, oh ! je serai bien
malheureux s'il me faut un jour dépendre
de nouveau d'un pareil homme.

— Ecoutez, reprit le contre-maître en
s'asseyant près du lit du malade, il m'est
venu une idée pendant ma lutte avec le maître
de forge, et je pense qu'elle vous paraîtra,
comme à moi, heureuse et d'une exécution
facile.

— Ma femme a, à Paris, un frère qui tient
un fort détail de mercerie ; en lui proposant
moi-même André comme commis aux écritures, il l'accepterait avec empressement. Vous
sentez-vous le courage de vous en séparer
jusqu'au moment où nous pourrons ensemble
aller le rejoindre ?

— Pourrais-je m'y refuser, mon généreux ami, quand je suis sûr que ce sera pour son bonheur? s'écria le pauvre père d'une voix pleine de joie et de reconnaissance.

— Qu'en dites-vous, mon ex-forgeron? le séjour à Paris vous va-t-il? dois-je écrire ce soir? demanda M. Dubois en s'adressant au jeune Deschamps dont le regard et l'attitude ne lui laissaient déjà aucun doute sur son assentiment.

— Vous êtes notre sauveur à tous, monsieur, répondit ce dernier avec l'enthousiasme d'un jeune homme qui voit tout à coup s'ouvrir devant lui une vie honorable au moment même où il se croyait perdu pour toujours.

— J'ai vu vos cahiers de tenue dè livres; les opérations en sont justes, et l'écriture excellente; je pourrai m'avancer en toute assurance en voüs proposant à mon beau-frère : il ne nous reste donc plus qu'à obtenir le consentement de votre mère, et je réponds de la réussite de notre projet. »

En ce moment Agathe, qui était allée faire à Bains quelques provisions, rentra chargée d'un lourd panier, qu'elle posa à terre avec précipitation, devinant bien qu'il devait être question de choses importantes, puisque M. Dubois s'était décidé à abandonner son atelier pendant le travail des ouvriers, et, s'étant avancée, elle entendit avec bonheur la confidence qui lui fut faite du dévouement de son cher André, et de la proposition de leur généreux protecteur, de le placer à Paris.

Enfin, l'affaire étant bien arrêtée entre tous, le contre-maître pensa à retourner près de ses pauvres forgerons, dont l'inquiétude devait être à son comble de ne le point voir revenir.

Il réitéra donc sa promesse de ne pas mettre le moindre retard dans l'envoi de sa lettre à son beau-frère, et laissa la famille Deschamps toute consolée par ce nouvel espoir qu'il venait de lui donner.

XII

Le frère de Mme Dubois, M. Prevost, était doué comme sa sœur d'un esprit élevé et d'un cœur tendre, ce qui se voit rarement chez un homme livré depuis sa jeunesse aux préoccupations d'un commerce important.

Lorsqu'il reçut la lettre de son beau-frère, qu'il aimait beaucoup et dans le jugement duquel il avait toute confiance, il se sentit touché de la noble conduite d'André, dépeinte par le sensible contre-maître de la manière la plus saisissante. Aussi, sans se demander même si la présence d'un nouveau commis lui était nécessaire, il répondit aussitôt que le jeune homme pouvait venir chez lui et qu'il y serait accueilli comme il le méritait.

Cette nouvelle porta l'émoi dans la famille Deschamps. Partagés, entre le regret de se séparer de leur fils chéri et l'espoir de le voir heureux, les bons parents n'auraient pu dire si les larmes qu'ils versaient étaient l'expression de la joie ou de la douleur; et le jeune homme, en venant en aide à sa mère dans les préparatifs que faisait celle-ci pour son départ, ne pouvait se défendre d'une espèce d'agitation fiévreuse à la pensée de ce monde nouveau vers lequel il allait s'élancer sans la protection de ceux qu'il n'avait jamais quittés.

La petite Jeanne pleurait et voulait partir aussi, afin de ne pas être séparé de son André; puis, quand on lui représentait qu'alors elle ne verrait plus ni son père ni sa mère, elle devenait soucieuse, et il était facile de s'apercevoir qu'une lutte pénible se faisait dans son jeune esprit.

« Ne t'ai-je point promis que nous irions bientôt demeurer tous à Paris ? lui disait l'excellent M. Dubois.

Mais la prévision des enfants n'allant pas jusqu'à leur faire trouver des consolations dans la promesse d'un bonheur futur, elle recommençait à pleurer.

Sans nous étendre sur les détails des scènes attendrissantes qui eurent lieu au sein de cette digne famille au moment de la séparation, nous accompagnerons notre jeune voyageur quand, emporté par la puissance de la vapeur, il croit planer dans les airs, tant les paysages se renouvellent rapidement sous ses yeux.

En présence de cette merveilleuse invention, son âme semble déployer des ailes plus larges pour s'élever dans les régions de la pensée ; il oublie que l'homme peut être petit et méprisable lorsqu'il obéit à ses mauvaises tendances, pour ne songer qu'à l'admirer dans sa véritable grandeur, celle de l'intelligence et du dévouement.

Ce fut dans ces heureuses dispositions d'esprit et de cœur qu'André arriva à la capitale. Le mouvement de cette foule bruyante, qui se presse, active et animée, l'enchanta tout d'abord. Cependant, lorsque la voiture s'arrêta rue Montorgueil, devant le magasin où sans expérience il allait prendre sa place au milieu de nombreux ennemis, il ne put se défendre d'une impression pénible.

Il lui semblait déjà voir tous les yeux s'attacher sur lui avec une curiosité maligne, et il en éprouvait d'avance un si grand malaise que le cocher eut le temps de descendre de son siége et de lui ouvrir la portière avant qu'il eût pensé à bouger de sa place.

« Puis-je parler à M. Prevost? demanda-t-il en entrant à un grand jeune homme bien pommadé occupé à servir au premier comptoir.

— A lui-même? objecta celui-ci comme s'il eût été surpris qu'un garçon d'aussi modeste apparence eût quelque affaire à traiter directement avec le patron.

— Oui, monsieur, si cela est possible, répondit le jeune Deschamps en déposant à terre la petite caisse qui lui servait de malle.

— Alors attendez, il ne tardera pas à descendre, » dit le commis tout en présentant avec grâce un carton de rubans à des clientes assises devant le comptoir.

André eut ainsi le temps d'examiner les différentes physionomies qui formaient le personnel de la maison; et, en somme, il se sentit encore moins confiant après cet examen.

L'un gesticulait en pérorant, afin de prou-

ver à une vieille dame qui sollicitait un ra-
bais, que la marchandise était de qualité su-
périeure et qu'il lui faisait même déjà une
forte concession en la lui laissant à ce prix.
Un autre enroulait des passementeries en
adressant de sévères reproches à un plus jeune
de ce qu'il ne les avait pas mieux rangées.
Mais aucun n'avait sur le visage ces marques
de bonté et d'indulgence qu'aurait tant désiré
d'y voir notre futur commis.

Enfin M. Prevost entra au magasin. Ayant
aperçu André dont l'attitude timide indiquait
sûrement un provincial, il comprit tout de
suite qu'il devait être le jeune homme que
lui avait recommandé son beau-frère, aussi
s'avança-t-il vers lui de l'air le plus aimable
et l'engagea-t-il à le suivre dans son cabinet.

Là il le fit écrire et trouva son écriture
excellente ; puis il lui adressa plusieurs questions sur la comptabilité, auxquelles André

répondit de manière à le satisfaire ; si bien qu'en moins d'un quart d'heure le mercier fut convaincu qu'il pouvait lui confier la tenue de ses livres en remplacement d'un vieux commis qui ne venait chez lui qu'à certaines heures du jour. Le traitement fut fixé à douze cents francs, la table et le logement.

C'était une position magnifique pour un pauvre garçon élevé au milieu de la gêne et du malheur. Vingt francs lui suffisaient chaque mois pour son entretien ; il pouvait donc envoyer la différence à ses parents, et ils étaient sauvés.

« Vos offres, monsieur, dépassent de beaucoup ce que j'avais espéré en me présentant chez vous, répondit le jeune Deschamps avec une franchise qui plut beaucoup à M. Prevost ; mais croyez que je ferai tous mes efforts pour me montrer digne de votre générosité à mon égard.

— Je n'en doute pas, mon ami, dit le mercier avec le ton du plus vif intérêt : quand un jeune homme se conduit comme vous l'avez fait jusqu'ici envers votre famille, il ne peut être qu'un modèle de probité et d'honneur partout où il a quelque devoir à remplir. C'est dans cette certitude que je vous ai offert d'habiter ma maison, quoique ce soit tout à fait en dehors de mes habitudes ; soyez-y donc le bienvenu, et comptez sur mon amitié et celle de Mme Prevost. »

En ce moment cette dernière entra. C'était une femme de trente-deux ans d'une modestie et d'une convenance parfaites. On voyait à la fraîcheur de son teint, à la douceur et à la délicatesse de ses traits, et surtout à l'expression de ses yeux, que sa vie se passait heureuse près de l'homme estimable auquel elle était unie.

Elle venait de recevoir une lettre de Lucie,

leur fille unique, dont ils s'étaient séparés depuis un an pour la confier aux soins éclairés des Dames du Sacré-Cœur, et elle accourait pour la communiquer à son mari.

Le mercier prit la lettre et sourit agréablement en lisant les charmantes choses que leur disait l'aimable enfant.

« Chère et bonne créature ! murmura-t-il avec émotion lorsqu'il l'eût parcourue entièrement ; ses paroles sont autant de joies qui viennent enchanter l'âme de ceux auxquels elles s'adressent. » Puis il remit la lettre à sa femme, qui paraissait partager les mêmes sentiments pour sa fille chérie.

« Nous irons la voir prochainement, n'est-ce pas, mon ami ? demanda-t-elle d'une voix qui devait lui assurer le succès de sa prière.

— Je te le promets, » répondit M. Prevost, et, toute joyeuse, la jeune femme allait se retirer, quand son mari, lui désignant André, lui dit d'une voix pleine d'intérêt : « Ce jeune homme est l'employé que nous a procuré notre cher Dubois; je le recommande à ta sollicitude, car tu sais à combien de titres il mérite notre affection? »

Dans son empressement, Mᵐᵉ Prevost n'avait pas même remarqué qu'il y eût un étranger dans le cabinet de son mari ; mais, quand elle eut jeté les yeux sur André et qu'elle se fut rappelé tout ce que son beau-frère lui avait appris de sa noble conduite, l'intérêt le plus touchant se peignit sur son beau visage, puis elle s'avança vers lui et lui dit avec une certaine émotion :

« Croyez que vous ne serez point un étranger, monsieur, et que vous retrouverez une famille au milieu de nous.

— Merci, merci, madame, de ces preuves de bonté, répondit le jeune Deschamps avec reconnaissance; mon bienfaiteur m'avait prévenu à cet égard ; mais je ne croyais pas qu'il fût possible qu'un pauvre garçon comme moi pût être accueilli avec tant de générosité. »

L'excellente femme le pria de la suivre et le conduisit elle-même dans la chambre qui lui avait été préparée.

C'était une charmante petite pièce., meublée simplement mais avec goût. André la trouva beaucoup trop belle et parut assez embarrassé en en prenant possession, tant il était peu habitué au confortable de l'existence.

« Reposez - vous jusqu'à l'heure du dîner, lui dit Mme Prevost, car vous devez être bien fatigué d'un aussi long voyage. »

Puis, avant qu'il eût eu le temps de lui témoigner de nouveau sa gratitude, elle s'éloigna.

XIII

On peut juger de la surprise et même du mécontement de plusieurs des commis, quand le lendemain matin, M. Prevost introduisit au magasin ce jeune et timide garçon, à la mise propre mais de mode arriérée, et qu'il alla s'asseoir avec lui devant le bureau du teneur de livres, afin de le mettre au courant des opérations du jour.

Les employés occupés à la vente dépendent toujours un peu du teneur de livres, à cause des comptes exacts qu'ils doivent lui rendre.

C'était précisément ce qui vexait les élégants commis du comptoir. Se voir exposés aux reproches du patron , parce qu'ils auraient manqué d'égards envers cette espèce de paysan qu'il leur amenait, leur semblait le comble de l'humiliation ; aussi se mirent-ils à se parler à voix basse et animée, sans laisser rien paraître de leur indignation, dans la crainte d'indisposer M. Prevost, dont le ton bienveillant en s'adressant au nouveau venu leur disait assez clairement qu'il était prêt à le défendre contre leurs attaques.

La haine recourt ordinairement aux armes de la dérision lorsqu'elle se voit impuissante pour se venger autrement. C'est le parti que l'on adopta, si bien que, quand le mercier, après une heure de présence, se fut retiré, l'on ne songea plus qu'à chercher le moyen de diriger des traits mordants sur l'inoffensif jeune homme, que tous se croyaient le droit de tourmenter impunément. André ne fut pas longtemps sans s'en apercevoir ; mais il se sentait trop ferme dans la confiance qui lui était accordée par les maîtres de la maison pour se troubler d'offenses aussi injustes.

Il continua ses écritures sans même lever la tête, et conserva une attitude si calme et si sérieuse pendant cette lutte inconvenante, que ses adversaires en parurent tout déconcertés.

« C'est un esprit fort, dit le grand monsieur pommadé à son voisin, nous ne pourrons rien sur lui. »

Ici, plusieurs clientes et clients étant entrés, les commis dûrent interrompre leur conversation pour s'occuper de la vente et en aller faire ensuite le détail au teneur de livres.

« Faites attention, messieurs ! leur disait celui-ci avec gravité chaque fois que, se pressant trop, ils embrouillaient les articles

en les lui dictant : prenez le temps de me
faire un détail plus clair, c'est le seul moyen
d'éviter les erreurs. »

Personne, cette fois, n'osa répondre. On
se regarda avec surprise, en haussant peut-
être encore légèrement les épaules comme
pour ne pas se reconnaître vaincu ; mais il
était facile de voir que tous étaient passa-
blement dominés par ce caractère droit et
juste qui commençait à se faire connaître
à eux.

A la fin de la journée, M. Prevost,
qui avait fait des apparitions assez longues
au magasin, se montra satisfait de la manière
dont tout s'était passé, et en félicita sincère-
ment son jeune comptable, qui se garda
bien de se plaindre des attaques dont il
avait été l'objet.

« Vous voyez, mon ami, qu'il vous sera
facile de vous tirer d'affaire, lui dit le pa-

tron en souriant. Un jour ressemble à l'autre dans notre partie, et puisque vous avez réussi parfaitement durant le premier, les autres ne vous seront plus rien. »

Le dimanche suivant, André, vêtu tout à neuf de beau drap taillé à la mode parisienne, se rendait au Louvre avec M. et Mme Prevost, dont l'intention était de faire voir chaque semaine au jeune homme quelques-unes des merveilles de la capitale.

On s'imaginerait difficilement l'enthousiasme de ce dernier quand il se vit en présence de tous les tableaux des grands maîtres, dont il avait entendu si souvent parler par ses professeurs, sans jamais avoir vu encore aucun de leurs chefs-d'œuvre. Rubens, Raphaël, Guido, Murillo semblaient vivre pour lui sur ces toiles si rayonnantes d'inspiration et de génie.

Ses observations, faites avec le feu de l'admiration, étonnèrent M. et Mme Prevost, tant elles étaient justes et profondément senties. Ils se disaient que le cœur est souvent meilleur juge pour apprécier les beautés de l'art que l'esprit le plus développé par la science.

« Mais il faut pour cela qu'il soit resté pur et bon comme celui de ce cher André, ajouta le mercier dès que le jeune enthousiaste se fut un peu éloigné; il faut que le souffle du monde n'ait point encore terni l'âme, car alors le reflet naturel ne s'y produit plus, et l'on doit recourir à de longues et pénibles études pour arriver à connaître l'art et à le sentir.

Ainsi se passèrent les premiers mois de son séjour à Paris. Il écrivait souvent à ses chers parents ainsi qu'à M. et Mme Dubois, et leur dépeignait son bonheur sous des couleurs si agréables, que ses lettres leur étaient un véritable soulagement.

XIV

Comme l'avait prévu André, M. P....
s'était lassé de loger un ouvrier qui ne lui
rendait plus aucun service ; aussi avait-il si-
gnifié à la famille Deschamps de sortir de la
forge au plus tôt, sous peine de s'en voir
expulser de force.

Dans toute autre circonstance ç'eût été un
malheur affreux que cet ordre barbare ; mais
grâce aux quatre - vingts francs qu'envoyait
chaque mois le bon André à son père , celui-
ci put louer une petite maison en pleine
campagne, et s'y rendre avec sa femme et sa

petite Jeanne, afin d'y attendre le ·moment tant désiré de sa complète guérison. M. Dubois avait écrit déjà à son maître de forge de Paris, pour lui demander de rentrer dans ses ateliers, et obtenir de lui l'admission de son ami comme ouvrier dans sa forge. La réponse avait été satisfaisante pour l'un et pour l'autre, si bien que l'on n'aspirait plus qu'après le jour où l'on pourrait dire adieu à ces lieux de malheur.

L'air pur de la campagne, un logement plus sain, joints à une excellente nourriture, opérèrent puissamment sur l'organisation affaiblie de Deschamps, et bientôt il se sentit le bras assez vigoureux pour que l'on s'occupât des préparatifs de départ, ce qui fut une grande joie pour tous.

Le contre-maître s'attendait à causer quelques regrets au maître de forge, lorsqu'il lui envoya sa démission ; mais il se trompait. M. P... avait obtenu de son expérience à peu près tout ce qu'il pouvait en espérer, et maintenant que ses forgerons étaient parfaitement dressés, il éprouvait même une certaine satisfaction à en être débarrassé, sa présence le gênant parfois beaucoup pour la mise à exécution des projets de réforme qu'il formait à chaque instant.

Il n'en fut pas de même des malheureux ouvriers. Jamais scène plus déchirante n'avait accablé le cœur sensible de Dubois que celle qui eut lieu dans les ateliers la veille de son départ. « Nous sommes perdus ! » s'écriaient les uns d'une voix lamentable. « Qu'allons-nous devenir ? » reprenaient les autres. Et tous pleuraient, gémissaient comme de pauvres condamnés auxquels on enlèverait le dernier espoir.

M. Dubois aussi versa des larmes sur

le malheur de tous ces infortunés qu'il se voyait forcé d'abandonner sans défense à leur douloureuse destinée. Il aurait voulu les consoler, les encourager, comme il l'avait fait si souvent ; mais les paroles expiraient sur ses lèvres, et il ne put que leur presser la main en leur disant adieu.

Deux jours après, les deux familles étaient reçues par M. et Mme Prevost, qui étaient allés les attendre avec André au chemin de fer.

« Ah ! vous nous revenez donc, déserteurs ? s'écria gaiement le mercier en embrassant sa sœur et son beau-frère tandis que Deschamps et sa femme pressaient leur fils dans leurs bras.

— Et pour toujours, encore, mes bons amis ! » répondit Dubois...

Un bon dîner réunit nos voyageurs chez M. Prevost, et tout le monde s'entendit si bien, se témoigna tant de confiance et d'amitié, que l'on ne songea à se séparer qu'à une heure très-avancée dans la soirée.

Alors M. et Mme Dubois se rendirent dans la chambre qui leur avait été préparée.

Quant aux bons parents, ils ne pouvaient croire à tant de félicité. Ils regardaient leur fils, dont on leur avait fait un si bel éloge et qui réellement était déjà changé à son avantage ; et de douces larmes venaient mouiller leurs yeux en se disant que c'était à lui en partie qu'ils étaient redevables de tout ce bonheur.

XV

La forge de M. R... était située à Charenton.
Grand et bel établissement, où plus de huit
cents ouvriers trouvaient constamment travail,
asile et protection, cette forge était en pleine
prospérité, et l'on pouvait la visiter sans craindre
d'y éprouver la moindre émotion pénible à la
vue de ces robustes forgerons dont les bras
vigoureux semblaient prendre plaisir à
torturer le fer qu'ils tenaient sur l'enclume.

On voyait que l'intelligence unie à une
profonde pensée d'humanité avait présidé à
son organisation première ; aussi le contraste

de la position du maître avec celle de l'ouvrier n'y froissait nullement le cœur.

C'était le bonheur sous deux jours différents, dont l'un se montrait plus brillant à la vérité ; mais dès que l'autre suffisait, pourquoi aurait-on envié un bien-être plus complet ?

Lorsque Dubois et Deschamps s'y présentèrent, M. R... les reçut avec égards et même avec cordialité. Il estimait beaucoup son ancien forgeron, et comme il savait que celui-ci ne pouvait avoir pour ami qu'un brave et honnête homme, il les accueillit tous deux avec empressement. Des logements très-propres et voisins l'un de l'autre leur furent assignés, si bien que dès le lendemain ils purent ensemble se mettre au travail avec courage et retourner le soir près de leurs femmes qui, elles aussi, se trouvaient heureuses de leur existence nouvelle.

Plusieurs semaines s'écoulèrent ainsi sans

qu'aucun événement important vînt interrompre l'uniformité de cette vie de travail et
de paix qui était devenue leur partage.

André venait chaque dimanche passer la
journée au milieu de tous, et alors on se ré-
unissait en une seule famille pour fêter le jeune
commis par des repas en commun et d'agréables
promenades à la campagne. Souvent aussi M. et
Mme Prevost se joignaient à ces amusements
champêtres, ayant grand soin de se faire
précéder de pâtisseries et de provisions pré-
parées à l'avance, pour être partagées gaiement,
sous quelque frais ombrage, entre eux et leurs
bons amis de la forge.

Comme on doit bien le supposer, l'aimable
petite Jeanne n'était pas la dernière à se réjouir
de ces charmantes réunions. Tantôt elle courait
dans la prairie et poussait des cris de surprise
et de joie à chaque fleur nouvelle qui s'offrait
à sa vue ; ou bien elle voltigeait de buisson

en buisson, dans l'espoir d'attraper quelque papillon aux ailes bigarrées, ou même de petits oiseaux qu'elle voyait se balancer en chantant sur les branches flexibles.

« Ce sera pour toi, si je le prends, » disait-elle à sa mère en s'élançant vive et legère vers le gracieux objet qui fuyait devant elle ; puis elle revenait toute déconcertée s'excuser de ne l'avoir pas attrapé parce qu'il s'était envolé.

« Va donc, cher enfant, va donc vers ce petit chanteur qui semble t'appeler de cette aubépine en fleur, lui disait alors M. Dubois en riant d'avance de la mine piteuse qu'elle ferait à son retour. Tu verras, ajouta-t-il, qu'il sera plus docile et que ta petite main arrivera facilement à l'atteindre. »

Deschamps était heureux des naïves déceptions et du chagrin promptement dissipé de sa chère enfant.

Les dames s'occupaient à mettre le couvert sur le gazon et à y disposer agréablement le petit festin rustique ; puis, à leur appel, appel, tous s'approchaient et se rangeaient en rond avec les meilleures dispositions possibles pour faire honneur au repas.

Cependant un événement heureux devait bientôt augmenter encore la félicité que goûtaient ces amis dévoués.

Un jour M. R. fit appeler Dubois dans son cabinet et lui dit après l'avoir fait asseoir :

« Je suis sur le point de renvoyer mon contre-maître pour des raisons que je crois devoir garder secrètes, et j'ai pensé à vous pour le remplacer, mon brave Dubois : seriez-vous disposé à accepter ?

— Votre choix m'honore infiniment, monsieur, répondit ce dernier d'une voix assez émue, et si j'ai une crainte en ce moment, c'est celle de ne pas être à la hauteur de l'importante mission que vous voulez bien me confier.

— Allons, allons, ne soyons pas si modeste ! reprit le maître de forge en souriant. Vous connaissez la partie, non-seulement par expérience, mais encore par un examen raisonné de ses nombreux détails ; en faut-il davantage pour faire un bon contre-maître d'un digne et loyal ouvrier ? d'ailleurs, puisque vous vous en êtes tiré dans une forge de province, je ne vois pas pourquoi vous échoueriez dans la mienne. »

Dubois ne trouva plus rien à objecter à des paroles aussi flatteuses pour lui, et quelques jours après il entrait en fonction, à la grande satisfaction de tous les forgerons qui l'aimaient et l'estimaient beaucoup.

.   .   .   .

Cinq ans plus tard, les trois familles jouis-
saient d'un véritable bonheur.

M. Prévost, ayant amassé une fortune assez
considérable, venait d'acheter à Saint-Cloud
une agréable propriété afin de s'y fixer avec
sa femme et sa fille. André allait reprendre
à son compte les affaires de mercerie de son
patron, et se disposait à appeler près de lui son
père, sa mère et sa petite sœur. Enfin M. et
Mme Dubois, par suite d'un héritage qu'ils
avaient fait, comptaient avant peu quitter la
forge pour venir vivre paisiblement près de
leurs amis Deschamps, dans un petit logement
situé au deuxième étage de la maison Prevost.

FIN

CHEZ LE MÊME ÉDITEUR

IN-12. — 3ᵉ SÉRIE, *bis.*

AMIS DE RÉGIMENT ; par Brun. 4ᵉ édition.

BLANCHE DE CASTILLE, reine de France, par J.,J. E. Roy.

BON (le) VOISIN ; par Marie Emery. 4ᵉ édition.

CHAPELLE (la) D'ENSIEDLEN ; par Mᵐᵉ Bourdon.

CHOIX D'ANECDOTES CHRÉTIENNES. 3ᵉ édition.

CONSTANTIN LE GRAND ; par J. J. E. Roy.

ÉCOLIERS (les) VERTUEUX ; par l'abbé Proyart.

EDMUND : récit du xvᵉ siècle ; par Blanchard. 3ᵉ édition.

ÉDOUARD, où le Respect humain vaincu. 6ᵉ édition.

FAMILLE CHRISTIAN.

GALERIE DE LA JEUNESSE : vie de quelques jeunes étudiants.

HÉLÉNA, ou la Jeune Conseillère ; par Bigot.

HENRI IV jugé par ses actes, par ses paroles et par ses écrits.

HÉROINES (les) DE LA CHARITÉ.

INGRATITUDE ET RECONNAISSANCE ; par Mᵐᵉ Bourdon. 3ᵉ éd.

INSIGNES DE MARIE ; par Mᵐᵉ de Gaulle.

HISTOIRE DE JEAN BART ; par Maxime de Montrond. 3ᵉ édit.

IVAIN, ou le Fils du lépreux ; par Marie Emery. 3ᵉ édition.

JEANNE, ou la jeune Mère de famille ; par Mᵉˡˡᵉ Brun. 3ᵉ édit.

JEUNESSE (la) D'HAYDN par Mme Grandsard.

MARIE; scènes et principaux traits de sa vie divine. 2e édition.

MAITRE MATHURIN ; entret. entre un officier et un jardinier. 3e éd.

NOTRE-DAME DE LIESSE ; par J. Chantrel.

NOUVEAUX DRAMES SACRÉS; par S. Bigot. 2e édition.

ORPHELINE (l') ET LA VEUVE; par Mme de Gaulle. 3e édition

QUELQUES NOUVELLES.

TROIS BREBIS du bon Dieu; tr. de F. Caballero, par A. Marchais.

SAINT JEAN-BAPTISTE; par Maxime de Montrond.

SAINT JOSEPH; par le même.

VILLA (la) SORGIA, ou les Deux Influences; par Marie Emery.

4· SÉRIE.

ALBÉRIC, ou le Modèle des apprentis. 6e édition.

AMOUR (l') D'UNE MÈRE.

ARTHUR DAUCOURT, ou Voyage en Norwége. 8e édition.

ARTISTE (l'). 2e édition.

BASILIQUE (la) DE SAINT-DENIS. 4e édition.

BEAUX (les) EXEMPLES. 6e édition.

BOURSE (la) INÉPUISABLE. 3e édition.

CHARLOTTE ET ERNEST. 7e édition.

CHOIX D'HISTOIRES. 5e édition.

CONSEILLER (le) des enfants.

DÉJEUNER (le) DES PAUVRES. 3e édition.

DEUX (les) BOUQUETS. 3e édition.

DOUBLE (la) RÉPARATION. 2e édition.

ENFANT (l') DU NAUFRAGE. 3e édition.

ENFANT (l') VOLÉ.

ERNESTINE, ou Pour bien commander il faut savoir obéir. 3e éd.

FAMILLE (la) CLAIRVAL. 3e édition.

FANCHETTE, ou la Charité récompensée.

FÊTE (la) D'UNE MÈRE. 3e édition.

FILS (le) DU TISSERAND, ou la Charité rend heureux. 5e éd.

FILLE (la) DU FERMIER. 5e édition.

HEUREUX (les) FRUITS DE LA VERTU. 10e édition.

HISTOIRE DE JÉROME. 8e édition.

HISTOIRE D'UN MORCEAU DE PAIN, par J. Chantrel. 4e éd.

HISTORIETTES ET RÉCITS AU JEUNE AGE. 5e édition.

HUBERT ET PAUL.

LE PLUS BEAU JOUR DE LA VIE.

MAISON (la) DU TAILLEUR. 4e édition.

MAITRESSE (la) DU LOGIS. 3e édition.

MARIE AU FOYER DE LA FAMILLE. 3e édition.

MAURICE. 2e édition.

MIEL (le) ET LES ABEILLES 3e édition.

MORALITÉS ET ALLÉGORIES. 6e édition.

NOTRE-DAME DES ROSES. 4e édition.

ORPHELINE (l'). 3e édition.

PETITE (la) FAMILLE. 4e édition.

PETITS (les) JOUEURS. 4e édition.

PIERRE VALLÉE. 4e édition.

POUDRE (la) A CANON. 3e édition.

SAINTES (les) IMAGES.

SAINT ULRICH.

SERPENTS (les) ET LES FOURMIS. 3e édition.

THÉODULE. 4e édition. *retouchée.*

UN BONHEUR MÉRITÉ. 2e édition.

UNE COURONNE A MARIE.

VALENTIN. 7e édition.

VASE (le) DE FLEURS. 4e édition.

VÉTÉRAN (le), par Paul Jouhanneaud. 3e édition.

VOYAGE D'UN MORCEAU DE PAIN, par J. Chantrel. 2e éd.

5· SÉRIE.

AMIS (les) du ciel. 3e édition.

ANGE (l') du sommeil.

CABANE (la) du pêcheur.

CE QUE COUTE UN CAPRICE, par Marie Emery.

CLEF (la) DES CŒURS, par l'auteur de *Blanche de Castille.* 2e éd.

COMÈTE (la).

CŒURS (les) DROITS.

DEUX NOMS, par le même. 3e édition.

DEUX (les) PATRES, par Paul Jouhanneaud. 3e édition.

DON JUAN LUIS.

ÉTIENNE ET SIMON.

FILS (le) DES LARMES ; événement historique trad. de l'italien.